蘇える変態　星野源

マガジンハウス

目 次

おっぱい ―― 5
くだらないの中に ―― 10
墓参り ―― 16
マンガとアニメ ―― 20
酒 ―― 26
台湾に行く ―― 32
『エピソード』 ―― 37
ぽっちゃり ―― 42
『11人もいる!』 ―― 50
フィルム ―― 56
エロについて ―― 61
川勝さん ―― 68
疲れた ―― 74
宇宙人 ―― 79

夢の外へ	85
パンケーキ	91
夏休み	95
ミュージックステーション	99
頑張れ	104
『箱入り息子の恋』と『地獄でなぜ悪い』	109
『聖☆おにいさん』	114
AV女優	118
生きる	126
生きる 2	131
楽しい地獄だより	141
あとがき	188

蘇える変態

おっぱい

舌を吸うと、母乳の味がしませんでしたか。

もちろん自分の舌の話で、誰かとするディープキスの話ではない。たしか小学生くらいまでは自分の舌に味があった気がする。それが母乳の味だとはしばらく気付かなかったけど、その味がしなくなったある日、ふと「あれは母乳の味だったのではないか」と閃いた。

日々いろんな料理を食べていても、しばらくして口の中で自分の舌をキュッと吸うと、いつもの味がした。

未婚だし子供もいないので、奥さんのおっぱいをお裾分けしてもらって検証する機会はない。もう味自体、あまり憶えてないし、知らない奥さんの母乳を分けてもらうにはいろいろとリスクが高すぎる。いつか結婚して子供ができ、「ちょっと母乳を拝借」と検証したとしても、元の味を今よりもさらに忘れているのだから意味もないだろう。時間をかけ、やっと欲しいものが手に入った時には大抵、欲しい理由はなくなっているものである。

しかしおっぱいはすごい。俺の場合小学校6年生くらいまでは舌に味があったから、生まれてからほぼ12年間も味を残し続けたことになる。あのいくら歯磨きしても味が残ってしかたないカラムーチョでも翌日の昼には味が消えているのに、赤子の頃にたかだか一年

から二年吸い続けただけで12年もキープするのはすごい。

J-WAVEで始まった自分のラジオ番組『RADIPEDIA』に届いたリスナーからのメールで感心したのは、「死にたいと思った時に『おっぱい揉みたい』と声に出して言うと、少し幸せな気持ちになりますよ」というものだった。嫌なことがあって落ち込んだり、怒っていたりすると、人は「死にたい」とか誰か特定の人を指して「死ねばいいのに」とか、つい言ってしまうものだけど、そんな時「おっぱい揉みたい」と声に出すだけですべてがどうでもよくなり、気持ちが楽になるということらしい。

くだらねーと言いつつ放送後自宅に帰ってふと思い返し、なんだかんだいつも仕事の悩みは尽きないので、ため息まじりに自宅で何度も「おっぱい触りたい」「ああおっぱい揉みたい」と声に出していると、予想以上に幸せな気持ちになり、怒りや落ち込みを増幅させる負のスパイラルを断ち切る効果がある気がした。

特筆すべきは「実際に揉まなくても大丈夫」ということだ。もちろん男だし、揉んでもいい感じのおっぱいを揉んだ方が嬉しい。だけど声に出しただけでいろんなことが十分どうでもよくなるし、何より優しい気持ちになる。おっぱいという言葉がもつ感触の豊かさ、奇跡のネーミング力には脱帽である。

おっぱいの語源を調べてみたのだが、「お腹いっぱい」の「いっぱい」が幼児語に変形したという説や、「(乳を飲んでいる赤子を見て親が言う)おお、うまいねえ」が幼児語とし

て変形したという説があったが、確証に至るものはなく、やはり最初に言葉に出した人、そして日常語になるまで使い続けた人の偉大さに想いを馳せる。

しかし、ここまできて読んでいる方に誤解しないでいただきたいのは、おっぱいが揉みたいからといって、別に巨乳が好きなわけではない、ということだ。

「貧乳はステータスだ。希少価値だ」

アダルトPCゲーム『SHUFFLE!』が発祥であり、アニメ『らき☆すた』の登場人物・泉こなたの台詞により広く知られることとなったこの名言からもわかるように、欧米の高脂肪な食文化が浸透しきった昨今、胸の大きい女子は増加し、どちらかというと微乳は減少傾向にあるだろう。大きくないというだけで肩身の狭い思いもするはずだ。しかし、それを補ってあまりある需要があるということを女性の皆さんはあまり知らない。

「は？ そうは言っても男は巨乳が好きでしょ？」

若干キレ気味のそこの女子よ、断言しよう。俺の周りは小さい方が好きな男でいっぱいだ。むしろ小さくないとまったく興奮しないと言う男ばかりなので頭を抱える一方だ。巨乳グラビアブームも遥か昔に去り、男性の興味として、より控えめな微乳が欲求の対象と化しているのが最近の性の傾向だ。しかし事態をもっと複雑にしているのは、「巨乳より微乳が好きでいながらも、微乳女子に対して胸が大きくないことにチクリとツッコミを入れ、その女子が悔しがったり寂しがったりするさまに強烈な愛おしさを感じてしまう男たち」の

存在だ。そのやっかいな男たちのせいで、微乳の勢力は拡大していながらも、巨乳が責められることはあまりない。しかし、微乳がとても愛されてることには変わりはないのだ。

ちなみに個人的にはどっちも好きである。大きいのも小さいのも最高。何より重要なのは、感度なのですから（名言）。しかし、その「巨乳好きはマイノリティになりつつある」という事例に基づきつつも、あえてもう一度言いたい。サイズはいろいろあるけれど、押し並べて、おっぱいはやはりすごい。

日本の国技・相撲。知識もなくそこまで勝敗に興味がない者にとっては、取組を観ていて最も目が行くのはおっぱいだ。ほぼ全裸であり、まわしという奇妙な召し物一つで戦うことに滑稽さを感じないのは、やはりおっぱいのおかげではないかと思う。ガリガリに痩せてる男のまわし姿があまりにも見ていられないのは、そこにおっぱいがないからだ。ほぼ裸の男同士がぶつかり合う姿に人々が嘲笑ではなく熱狂し感動できるのはその試合をおっぱいの貫禄が神々しく支えているからであり、「死にたい」という言葉を無効化することからもわかるように、おっぱいというのは様々なものをいい意味でどうでもよくしてくれる力を持っている。

裸でのデモ活動もある。権力には理屈で勝てなくとも、おっぱいなら勝てるかもしれない。以前、荻窪の住宅街でおっぱい丸出しで他人の子供を説教する初老の女性を見たことがあるが、無駄に説得力があった。きっとそれはおっぱいというものの持つ力の証明であ

ると思う。

皆さん、読んでくれてありがとう。冒頭からこんな調子なのは、日々こんなことばかりつらつらと考えている自分というものの解放であり、今後このくらいの適当さで行きますよという宣言でもあり、あまり堅苦しく読まないでねというエクスキューズでもあり、何よりも、誰か親切な女性が「揉んでもいいわよ」と言ってきてくれないかという淡い期待を寄せているからに他ならない。

くだらないの中に

イライラ解消の上手なやり方をずっと考えている。

東日本大震災からちょうど一週間。まだまだ事態は大変だというのに、張りつめていた気持ちの糸が少しずつ弛(ゆる)みはじめている。ため息が多くなり、疲れを感じ、短気になりやすくなっている。なるべく疲弊せず前向きな気持ちであり続けられるよう、上手にストレスを発散していきたい。

個人的によくやるストレス解消法は、ボールペンでもサインペンでもなんでもいいので、それを使い、白い普通の紙をとにかく真っ黒に塗りつぶすという方法だ。特定の絵や文字を描くのではなく、ただ手首や腕の動きの快感に任せてグシャグシャと描きまくる。何も考えずに何枚も何枚も繰り返す。感情の赴(おもむ)くままにピアノを弾きまくるクラシックの作曲家の如く、リズムを付け、目をつぶりながらペンと紙の擦(こす)れる感触に集中する。ずいぶんシンプルだし見た目はかなり異様だけど、これでなぜか気持ちがスッキリする。

その他にも「枕に顔を埋めてスケベな言葉を絶叫」や、部屋の扉等に肩がぶつかった時に「ドアに因縁つけてガン飛ばして恫喝(どうかつ)」など、モノに対して大きな声を出すという方法もある。

替え歌も有効で、たとえばトイレの中では、うんこが出ていく様を大好きなチャゲ＆飛鳥の「万里の河」になぞらえ「どれだけ出ればいいのですか」と熱唱するのもいいだろう。個室だし大きな声も程よく反響して気持ちがよい。サビ最後の「流れて行くようで」の「♪え〜え〜」のところで流すボタンを押してうんこと共にストレスが流れていくのを見守るのがベターだ。ともかく絶叫にしろ熱唱にしろ、普段の自意識にまみれた自分から一回離脱する感じがストレス発散に効くのかもしれない。

しかし２０１０年に初めて歌のアルバム『ばかのうた』を発表し、歌うことが仕事になってからというもの、喉を守るため不用意に大きな声を出せなくなった。部屋は音楽制作用にも使っているので、楽器可物件の我が家では思う存分絶叫できる（本当はダメ）けど、普通はご近所に気を使い静かに暮らしている人の方が多いだろう。鼻歌ぐらいに抑えておいた方がいいのかもしれない。

「くだらないの中に」という歌は鼻歌から生まれた。その日、いつものようにシャワーを浴びながら鼻歌を歌っていた。自分では誰かの曲に乗せて適当な詞を歌っているつもりだったが、ノリノリで自意識の枷を外していたためにしばらく気付かなかった。「なんだこのメロディ」と思った時には一番の歌詞とメロディが出来上がっていた。こうしちゃおれんと慌てて外に出て、ずぶ濡れのままノートに詞を書き、ギターを弾いて録音した。初めての

全裸制作である。思うように曲ができずに悩んでいた時期だったから、抱えていたモヤモヤも一瞬で晴れた気がした。

作曲だけでなく文筆でもそうだと思う。作品が出来上がるとそれまでの苦労がすべて報われ、表現ならなんでもそうだと思う。作品が出来上がるとそれまでの苦労がすべて報われ、関係ない鬱憤も一緒に消してくれる。しんどい時期に体に鞭打ちムリヤリ創作活動をするというのも、ストレス解消や精神的問題解決の方法なのかもしれない。

インストバンドを組んでいる自分が、歌の活動をするきっかけになった「ばらばら」という曲ができたのは25歳の時だった。当時好きだった女の子といい関係になり付き合おうと告白すると、その娘が彼氏持ちだということがわかった。思わせぶりな態度を取りながらも結局ふられ、諦めようか、でも諦めきれずにもっと頑張ろうかとウジウジしていたある日、相談を受けるのである。「彼氏がストーカーと化して暴力をふるってくる」と。どうやら俺と仲良くしている様に気付き、狂暴化したらしい。これはチャンス！と、家の前で彼氏が待っていて帰れないその娘を匿って家に置いたり、別れるように説得したりした。そしてしばらくして、めでたくその二人は別れることになった。付き合う気満々で告白すると「なんかそんな気になれない」と謎のふられ方をした。意味不明で絶望していると後日間もなくのである。彼女の友人から「源君がしつこくストーカーしてきて迷惑だってあの子が言ってるんだけど、本当？」と。

どういうことなの、と思った時にはもう遅かった。付き合いたいと思って頑張ったのは確かだが、決してストーキングはしていない。虚言癖？　こうなってくると、彼氏が本当にストーカーだったかどうかも怪しくなってくる。あの女は自分と自分の発言を軸に人間関係が破綻(はたん)していく様を、ただ観て楽しんでいただけなのだろうか。自分を取り合う男二人を憂いながら、悲劇の主人公気分に浸ってさぞ気持ちよかっただろうか。絶望した。女とか恋とか以前に人間不信に陥った。どうですかお客さん。これって普通ですか。

そんなわけで、絶望の淵からどうやって立ち上がろう、と作りはじめたのが「ばらばら」である。初めはそいつへの恨みをこれでもかとぶつけた歌詞だったが、私情全開でかなり恥ずかしい感じだったので、昔から感じている疑問にテーマをフォーカスし直し、その時感じた絶望を少しでも前向きに捉え直せるよう、普遍的と思える歌詞にコンバートし直した。

　世界は　ひとつじゃない
　ああ　そのまま　ばらばらのまま
　世界は　ひとつになれない
　そのまま　どこかにいこう

13　くだらないの中に

この曲が好評だったので、歌を続ける自信に繋がった。そしてそんな悲しい結末になる遥か前にその娘が言った「そんなに歌が好きならちゃんと歌えばいいのに」という何気ない一言が、自信のない若者に歌を作る気を起こさせ、今の仕事に繋がったのだから、この出会いはきっといいことでもあるんだな。と今では思う。もう二度と会いたくないけどなあのくそくそガバガバ女♡

鬱憤を作品に昇華できた時や、その表現が人々に理解され実を結んだ時も、ストレスが消し飛ぶ大事な瞬間だ。今は大勢の人がストレスを溜めている。震災から一週間、怒りをぶつけたい場所は数あれど、この危機に日本中、世界中がそれぞれの方法で努力している。いつかそれら一つ一つが必ず実を結び、苦難を乗り越え、イライラの発散ができる時が必ず来るはずである。

この原稿が書籍になるとしたら約三年後。その頃にはもっと事態は明るくなっている、と思いたい。この文章を読んだ人に、「まだそんな暗いこと言ってんのか」と笑ってもらいたい。そうなっていないかもしれない。今読んでいるあなた、最近どうですか。まだテレビでは報道されていますか。放射能問題は解決しましたか。あの震災以降の怒濤の一週間がいかに絶望的だったか憶えていますか。そしてそれを今は前向きなものとして昇華しましたか。

今、自分のような仕事をしている人はみんな悩んでいる。不謹慎だのと揶揄（やゆ）されることも多い。しかし、そんな厳しい現実を胸に刻みつつ、想像力を駆使しながら何かの表現を生み、鑑賞し、くだらない冗談とか、エロいこととか、面白いフィクションやバラエティ番組とか、素敵な音楽とか、そういう楽しいものを糧に毎日毎秒を乗り越えることも、連日流れる痛ましいニュースで受けるネガティブな感情のパワーと同じくらい、いや、それ以上に強い前向きなパワーがあると、信じている。

墓参り

なにか変だ。

ずいぶん肩も重い。電車に乗れば反対方向で、かつ急行で15分も行きたくない方に運ばれたりする。自慰行為の最中にパソコンが壊れる。オカズがなくなった行き場のない怒りで壁ドンすると小指に今まで感じたことのない痛みを覚える。あり得ないところに吹き出ものができる。常にお腹が痛い。朝起きてからも始終憂鬱で何も手に付かない。星野源名義のセカンドアルバムの制作に着手し、一カ月間寝ても覚めても「ものづくり地獄」の真っただ中ではほぼノイローゼ状態というせいもあるが、ああ……！ 食器洗ってたら割れちまった。もう嫌だ。こんな時はどうしよう。どうすればいいんだ。

そうだ、墓参りに行こう。

そんなわけで埼玉は大宮にある墓地に来ました。ここは母の母が眠る公園墓地。公園墓地というのは、特定の宗派や購入資格などの縛りがなくとも入れる場合がほとんどで、たとえば浄土宗の墓の横にキリスト教の十字架が彫ってある墓石があったりする。音楽でいうと「NOW」(懐かしい……)的な企画ものCDや、海外ミュージシャンも出演する音楽フェスみたいなものである。国や思想の垣根がないというだけで不思議なお得感を感じる。

そんな意味でも自由で開放的な気分すら感じられるのが公園墓地なわけです。

天気もよくて清々しい空気だし、草木や花も整備が行き届いていて綺麗だ。入り口にある藤の花もしっかり咲いていて門を通る時に歓迎されているような気持ちがする。吉原にあるソープの入り口を開けたら男性店員数名が廊下の両脇にずらっとひざまずき、「いらっしゃいませ」と言われて感動した時と似た気持ち良さだ。

墓掃除のための雑巾、水おけと柄杓（ひしゃく）、墓を磨き水をかけ、花を生け線香をあげ、母の母に手を合わせて祈る。

お祖母ちゃん、いつもありがとうございます。なんとなくこの世には神様はいない感じがしますが、霊と妖怪はいると思ってます。最近曲ができなくて深夜の山手通りをゾンビの真似して奇声を発しながら歩いたりしていますが、一応健康で元気です。これからもよろしくお願いします。

祈り終わって目を開けると、雲間から太陽が照りだした。ずいぶんドラマチックだ。なんだかとてもいい気分になった。

次の墓地に移動する。今度は父の父母が眠る寺である。その場所は昔沼地で、家を建てるのが禁止されていた区域らしく、建物もあまりなく田んぼやあぜ道ばかりで、同じ大宮であることは変わらないのにものすごく田舎の風情がする。人もほとんどいない。

今度はお寺さんなので、小さくこちんまりとしているが、厳かでディープな感覚を味わえ

17　墓参り

るのが特徴だ。ライブハウスに喩えたら高円寺ペンギンハウスかJIROKICHIみたいな感じだ。芝居小屋なら高円寺明石スタジオだろう。ステージとの距離が近くて密度も濃く熱い。そして墓地に着くとなぜだか急に雨雲が空を覆い、薄暗くなると同時に非常に神聖な気持ちにもなった。

昔サケロックの曲として書いた「七七日」という曲のタイトルを思いついたのもこのお寺だ。それまで四十九日というのは「四十九日」と書くと思っていたが、ここでは「七七日」と記してあって、それが「七×七＝四十九」だと気付いた時には、なんて面白いネーミングなんだと感動したものだった。

墓石を磨き水をかけ、線香をあげ、花を生けて祈る。
お祖父ちゃんお祖母ちゃん、いつもありがとうございます。俺はお祖父ちゃんからいろいろなものを隔世遺伝で受け継いでいると思います。だからきっと数十年後には思い切りハゲてしまうと思いますが、お祖父ちゃんは額の方から後頭部にかけてハゲるタイプだったので、そうなると全然いいです。ハゲたらどうしたらいいですか。お祖父ちゃんはハゲはじめた時どういう風に自分のメンタルを保ちましたか。そしてお祖母ちゃんはどんな気持ちでその過程を見つめましたか。俺の将来の嫁さんはハゲを肯定してくれる人でしょうか。不安です。これからもよろしくお願いします。

ハゲの恐怖に泣きながら墓地を後にして家まで帰った。途中腹が減ったので、鰻屋に寄った。大盛りをガツガツと食べていたら、なんだか元気になってきた。昔から、葬式や墓参りの後にはなぜか元気が出る。死に直面した後は、気持ちが「生きねば」と自然にポジティブになる。その仕組みはいまだによくわかっていないけど、それが長く生きるためのヒントなんじゃないかとも思っている。

アルバムの曲づくりの締め切りは刻々と近づいてきている。何処かに逃亡したいが仕方ない。とりあえず、次のアルバムには墓参りの曲が入ることになるだろう。安直だが、それもいいのだ。ものづくり地獄にはまりながら、今日も一日頑張ろう。

マンガとアニメ

やめられないものはたくさんあるけれど、ことマンガとアニメに関しての「やめられなさ」はその最たるものだ。こうして文章を書く仕事をしているにもかかわらず活字を読むのは苦手で、昔からマンガばかり読んでいた。芝居をする役者であるにもかかわらず、今も暇さえあれば映画やドラマよりも、アニメのブルーレイボックスを購入し鑑賞している。なぜやめられないのか。その説明を、「どれだけ芸術的か」「どんな表現にも負けない力があるか」という、文学や映画など別の表現と比べて讃える論調で表現するのではなく、もう少し自分の気持ちに正直に展開してみたい。

小さい頃からつまらない生活に現実逃避ばかりしていた子供だったので、創作の世界にのめり込むのは簡単だった。時には入り込みすぎて何処からが現実だかわからなくなり、不思議な言動を起こし周りから気味悪がられた。
小学校低学年の頃は『コロコロコミック』や『コミックボンボン』に夢中だったが、90年代に突入し小学校高学年になると、ふと本屋で手に取った富士見ファンタジア文庫から出ていた『スレイヤーズ！』という作品に夢中になった。小説だが可愛いアニメ調の挿絵

が数点あり、その時はまだライトノベルと呼ぶとは知らなかったが、つまりそういう類いの中高生向けの軽小説だった。

文章を読むのは変わらず苦手だが、性の目覚めが早かったためにその挿絵のエロ可愛さに読む気にさせられた。多少乳首なども描写されていたが、小説だしページさえ開かせなければ親にもバレないだろうという作戦もあった（後に友達が遊びにきている前でそのエロページを親に見せびらかされ、酷く恥をかいて作戦は失敗に終わった）。そして何よりストーリーが面白かった。

その後富士見ファンタジア文庫の母体となるライトノベル雑誌『月刊ドラゴンマガジン』を読みはじめ、後に同じ系列のコミック誌である『月刊コミックドラゴン』の読者になった。周りの同級生が『週刊少年ジャンプ』に夢中になっている頃、ひとり『月刊コミックドラゴン』に夢中になっていた。その頃はまだ「萌え」という言葉がなく、自分の中からわき上がる「わけがわからない感情」に振り回された。当時の星野少年に言ってやりたい。それはただの「萌え」だ。別に変じゃない。オタク的だというだけで普通の感情なのだと。

しかし、その頃小学生でオタクというのは（むろん小学生でなくとも）社会的弱者であった。宮崎勤の連続幼女誘拐殺人事件が世間を恐怖のどん底に陥れて間もない時期で、「犯人はオタク」と過熱報道されたため、当時のオタクたちはかなりの迫害を受けた。そして自らをマニアとまではいかないまでもオタクだろう、と認識していた幼い頃の自分は、まだ

自我が形成される前だったばかりに、そのゼリーのように柔らかいメンタリティーは殺人犯と自分を混同し「自分は人と比べておかしいのではないか」「間違った人生を歩んでいるのではないか」「自分もああいう風に人を殺してしまうのではないか」という強烈な不安に苛（さいな）まれ、自分で自分を迫害（否定）しはじめた。今ではそれが「ただ自分が好きなものを求めていただけの純朴な少年」だと冷静に判断できるけど、その時は幼いながらに道を踏み外したと感じ、深いトラウマとなった。

犯罪以外で道を踏み外したと感じるおおかたのことは、踏み外したのではなく、自分が「真っすぐだと感じる道」と社会や環境が指し示す「真っすぐな道」がただ違うというだけだ。世間が「あんた曲がった考え方をしてるね」と言う時は大抵、思考が曲がっているのではなく自分の中の「真っすぐの考え」が周りの「真っすぐの考え」とズレているだけなのだ。

中学に入り少し世界が開け同じ趣味の同級生や先輩が現れるも、トラウマから趣味を隠すようになった。無理に周りの一般的な趣味に合わせて知ったかぶりをし、友達としてふるまった。しかしそのうちの幾つかは本当に好きなものとなり自分の中に残った。得たものがなかったわけではないが、その時私は本心とは違う「曲がった考え」をしていた。好きなものを好きだと真っすぐ言える友達を見た時、その趣味が一般的でないと馬鹿にした。自分はそうなれない臆病者だということを誤魔化すように、最低な俺は本当の意味で道を

踏み外した。

それから数年経ったある日、本屋のパソコン雑誌のコーナーに自分はいた。心臓が高鳴る。気が付くとある本を手にレジに走っていた。もう限界だ。自分に嘘をつくのは限界なんだ。家に帰ってその雑誌を広げた。『パソコンパラダイス』だった。『パソコンパラダイス』はアダルトのパソコンゲームを誌面全体で扱った初のアダルトゲーム専門誌で、そこにはエロいイラストが満載だった。

もちろん、それが好きだということは一般的な性趣向ではなく、当時変態の仲間入りとされ、友人からは差別された。でももう誤魔化しきれないのだ。俺はこれが好きだ。生身もそりゃあ好きだが可愛い女の子がエロいことをする姿をイラストにしたものはもっと好きだ。これがないとやってられないのだ。エロに限らず、マンガもアニメも実際の人間が演じる物語より、人間らしさを感じてしまうから好きだ。人がオタクになることに理由などない、気が付けばなっているものだ。俺はアニメやマンガが、そして二次元のキャラクターが好きだ。ただそれだけだ。

その日、『パソコンパラダイス』で自慰行為をし、泣いた。実際本当に泣いたかどうかは憶えていないが、涙目になり、心の中で泣いたのだけは確かだ。もう人が好きだということを馬鹿にすることは決してするまいと心に誓った。

あれから十数年。オタクカルチャーの産業は巨大化し、今や渋谷の駅前にアニメ映画の看板がでっかく展開され、コンビニにはアニメコラボ商品が並び、音楽チャートにアニメ主題歌やキャラクターソングが軒(のき)を連ね、ネットスラングは社会に浸透し、ヴァーチャルアイドルは市民権を獲得した。マンガ、アニメが好きという主張は一般的になった。

こんな時代が来るとはまったく思わなかった。いいぞ、もっとやれ、と思いつつ、今オタク的な真っすぐな道と経済利用を含めた社会の示す真っすぐな道が重なっているに過ぎないのだとも感じる。この陰で、新たに迫害されるものもたくさんあるだろう。

まだあまり人が知らない、もしくは特殊な何かを指して「〇〇が好きだ」と言うと「知らない」だの「ダサい」だの「だからモテないんだ」等と言われ、自分の存在自体が否定されていると感じ、つい隠したくなってしまう。いつの時代もそういうことを言う輩(やから)はいるものだ。そいつらはただ時代に流されているだけで、一旦ブームが来てしまえば「前から気になってたんだよね」等と言いながらすぐに寝返るだろう。

もし、自分にとっての真っすぐな道が周りとズレていて悩んでいる人がいたら、一度道を踏み外した馬鹿が言えることはただ一つだ。

飽きたならすぐに止めればいいが、好きなのなら、止めるべきではない。

酒

酒が飲めなくて悲しい。

その昔、マーティン・デニーという音楽家がいた。1950年代から60年代に世界的に流行したエキゾチカという音楽ジャンルにおける中心人物だ。音楽誌でないことをいいことに非常に大雑把に説明してしまうと、エキゾチカとはジャングルの映像のバックで流れてそうな感じかつ、額に宝石みたいなものを貼り付け、パレオを巻いてクネクネ踊るエキゾティックな女性がいる場所で流れてそうな音楽を想像していただければ、それです（いい加減すぎ）。

使用されている楽器も、アフリカ発祥であり、奴隷として連れて行かれたアフリカ人が南米で発展させたマリンバ（木琴）や、主にラテン音楽で使用されるギロやコンガ、バードコールと呼ばれる鳥の鳴き真似などを特徴的に使用し、そういった民族音楽的な音色や音階を、ジャズの理論や楽器構成を下地に再構築したのがエキゾチカ、という感じである。

マーティン・デニーは、作曲家、編曲家、ピアニストとして、それらのマニアックになりがちな民族音楽的要素をポップなものとして昇華し、様々な人が楽しめるものとして多くの曲を世に送り出した。

まだ童貞だった高校生の頃、細野晴臣さんのアルバム『泰安洋行』に夢中になった。ニューオーリンズや沖縄音楽、ロックや歌謡曲、いろんな音楽ジャンルが絶妙に溶け合い、それまで聴いたことがない音楽がそこにあった。その混ざり合った様々なジャンルの中でも主軸に位置していたのがエキゾチカである。細野さんもマーティン・デニーに影響を受けた一人で、のちに「マーティン・デニーをエレクトリック・チャンキー・ディスコでやったら」というアイデアを元に「イエロー・マジック・オーケストラ」を結成し、日本だけでなく世界中の音楽に影響を与えることになる。

『泰安洋行』の中で多用されているマリンバはとてもカッコいい。当時商品化されておらず、裏ルートで見ることができた「伝説の中華街ライブ映像」内での細野さんのマリンバ姿は本当に素敵で、それを見て後に自分もマリンバを購入し演奏することになった。

高校卒業後、『泰安洋行』をきっかけにエキゾ関連の音源を集めはじめ、そこからマーティン・デニーを知り、また夢中になった。

その中でもひと際異彩を放っていた曲と出会う。日本の音頭のようなイナタい手拍子のリズムに、ダビングしたカセットテープが伸びるが如くもたったロックドラムス、それに三味線(らしきもの)とマリンバが主メロを奏でるという、カッコいいことはカッコいいのだが、冗談音楽とまではいかないまでも少し笑ってしまうような音楽だった。その曲のタイトルは「SAKE ROCK」という。

その後高校を卒業して大学受験にも失敗し、フリーの役者としで舞台のオーディション を受けたりしていた頃、それまで趣味で弾き語りや作曲をしていたが一度もやっていなか った「自分のバンド」を組んでみよう、と思い立った。あまり親交はないものの「この人と 一緒にやりたい」と思った同じ高校出身のピアニスト、ドラマー、ベーシストを集めて結 成したのだが、どのメンバーもその時点でたくさんのバンドを掛け持ちしていて、自分以外 にとってこのバンドは4番手くらいの、中心ではない存在だった。歌を歌いたかったが度 胸がなかったので、自然とインストゥルメンタルグループになった。そうやってスタートし たのが「SAKEROCK」である。

初めは『泰安洋行』のような音楽を作りたいと思っていたが、早々に難しいことがわか ったので、もっと大雑把な「今までにない音楽を作る」という目標にシフトした。とにか く面白いことがしたかった。当時インストバンドと言えば大抵カッコつけたものだったが、 ふざけたこともできるようなバンドにしようと思った。その後トロンボーニストが加入し たり、メンバーが脱退したりして紆余曲折あり、今に至る。

もう10年以上も活動しているが、その間いつも言われてきたことがある。飲みの席で酒 を勧められ、自分が下戸でまったく酒が飲めないことを説明すると、ほぼ100パーセント の確率で皆こう言うのである。

「ちょwwwww サケロックなのに wwww」

いきなりネットスラング的表現になってしまったが、実際言われている感じと一番近いのでこの書き方にした。要するに、別に酒が好きでこのバンド名にしたわけじゃないのに、何度も言われてうるさいのでいっそそのこと飲めるようになりたい、という話だ。

『共感百景』という、芸人さんが多数参加する大喜利イベントに呼ばれて出演し、打ち上げに参加した時、同じ出演者だった東京03の豊本明長さんの誕生日が近いというので、なぜかケーキではなくデカい杯に入った日本酒がふるまわれた。様々な芸人さんが飲んでは隣に回し、徐々に自分の方へ近づいてくる。どうしよう、断るのもカッコ悪いし、かといってポン酒など飲めるわけがない。

ウジウジしてたらいつの間にか両手には杯が乗っていた。少しパニックになり「早くこの酒を手放したい」とつい勢いでグビグビグビ、と三飲みしてしまった。

そこから怒濤の嘔吐が始まるのである。くっせえ便器に顔を突っ込み、今まであまり吐いたことがないのでうまく吐けず、「ぼえぇぇぇ」という胃が捻れるような嘔吐きを繰り返し、あまりに吐瀉物（としゃぶつ）が出てこないので、洗面台に戻って水をたらふく飲み、それを利用してなんとか吐いた。

少し楽になって席に戻ると、別の出演者であるよゐこの有野晋哉さんが席を立ち、トイレに入っていく。その様子を見ていたらまた気持ち悪くなり、トイレに駆け込むと有野さんの嘔吐きが個室から聞こえた。なんだか男の悲哀を感じてしまった。飲み会の席では有

29　酒

野さんは至って普通だったのだ。気持ち悪そうな感じはまったくなく、なのに今吐いている。いったい人はなんのために酒を飲むのか。そして人は何処から来て、何処へ行くのか。そこから二人で一つしかない個室の奪い合いをした。もう、あんなことは御免なのである。

ああ、酒が飲めなくて悲しい。ただ、それだけ。

31 酒

台湾に行く

海外。行ったことがあったのは、小学三年生で家族と一緒のハワイと、高校三年生の修学旅行で行ったオーストラリアの二カ所だけ。なんだ結構いいとこ行ってんじゃん、と言われることもある。

ハワイに行った当時は小学生で社会生活に疲れ自閉していった時期であり、海外を楽しむ余裕もまるでなかった。快晴の中、海にも行かずホテルのプールに風呂のように浸かる息子。アラモアナショッピングセンターは人が多くて嫌だと部屋に引きこもる息子。今となっては、せっかくのハワイなのにそれに付き合わなければならなかった両親が哀れでならない。

修学旅行でオーストラリアって生意気、とお思いでしょうが、まったくエンジョイできなかったのでご安心ください。当時片想いしていた女の子がオーストラリアを選び（なんと旅行先を海外、国内の数カ所から選べた）、海外なんて面倒な場所行きたくないが、その娘と一緒なら何処へでも、という想いで同じコースにしたのに、行きの飛行機の中で友人の密告によりその娘に彼氏がいることがわかり、もちろんその男も同じ班だと確認。旅行中の一週間、その子と彼氏がイチャイチャしてる現場を見たり、夜中ホテルでその二人が

イチャイチャしているであろう雑念に悩まされながら満天の星を見上げ、虚無の境地を見たりと、何一ついいことはなかった。

そんな苦い思い出から13年。とうとう実現した久しぶりの海外は、日本にとても親切にしてくれたあの台湾だった。ファーストアルバム『ばかのうた』の台湾盤が先日リリースされ、そのプロモーションで呼ばれて台北でライブをするという仕事だ。オファーされて海外に行くという行為の屈託のなさ。観光目的で行ったが移動が億劫になり、結局どこへも行かず後ろめたさだけを募らせる旅行のようなことにもならない。ちゃんと行く意味がある。自閉ハワイとか、失恋地獄オージービーフ旅より何百倍も行き甲斐があるわけです。

現地で迎えてくれたのは中学の初恋の相手に似た地味可愛い女の子クリスティーと、黒ぶちメガネを掛け善人顔なのに耳にはギラリと光るデカいピアス着用という妙なコワモテ感を出す男性ウノさん。どちらも台湾人で『ばかのうた』を台湾でリリースしてくれたレコード会社の人たちだ。二人とも日本語が上手く、常に通訳してくれたおかげで道中とっても楽だった。

台湾人のほとんどが本名とは違うニックネームを持っていて、日常はそれで呼び合っている。クリスティーに本名を聞いたら「ダサいから教えたくないよ」と恥じらっていた。役所に提出するわけでもないそれを見て少し発情したが、仕事相手なのでグッと堪えた。台湾版ヤフーの取材でインタビただのあだ名なので基本的にどんなものでもいいらしい。

ューしてくれたライターさんは自分を「桜井です」と名乗っていて、なんでだろうと思ってたら「ミスチルの桜井さんが好きなので」というすごい理由だった。

飛行機を降りると一発で異変に気付いた。エアポート内にいる台湾人の女の子が軒並み足を出しすぎなのだ。日本と比べてもその数が違う。気温が高いというのもあるけどエロい。ほとんどの女子がタイトミニかホットパンツを着用している。けしからん。足フェチなので一歩進むたびにすれ違う太ももに顔を埋めたい衝動に駆られ、空港から外に出るだけでポワーンと幸せな気持ちになった。

ホテルに着いてテレビをつけてみると、いきなり美容バラエティ番組で女の子たちがランジェリー姿で戯れていた。昼過ぎである。日本で言う『ごきげんよう』の時間帯だ。小堺さんがランジェリー姿でサイコロを振っているようなものである。「ナニが出るかな」だ。エロすぎだろう。台湾のエロ事情はどうなってるんだ。

ウノさんに聞いてみると、台湾では国産のエロ本やAVはまったくないらしい。日本みたいにコンビニなどに表立ってエロ本は置かれないと言う。確かめに行ってみると、水着が載っている雑誌が、コーナーの隅っこの小さいスペースに後ろめたそうに陳列されていた。なるほど。表向き股間や乳首を出せない代わりに、余計に日常がセクシーなんだな。

ライブ会場に移動し、ウェブニュースサイトの取材とリハーサルを行う。インタビューしてもらった女の子はずいぶんオシャレで隙がまったくなかった。というかコンビニで見

34

た日本のファッション誌の表紙そのままだった。この国では服装に限らず、テレビ番組や商業施設においても、日本で生まれた文化が日本より完成度が高く、そして自由で幅広く展開されてる印象を持った。日本だったら「雑誌そのまま」でさえも批判の対象になるというのに、堂々と着ているからイヤミじゃない。台北の街は渋谷みたいに混んでいるのに窮屈さはなく、台南には行ってないのでこの国の全部はわからないけど、とても大らかな場所だと思った。

日本とあまり変わらない風景。寿司屋がやけに多く、吉野家だってサイゼリヤだってある。コンビニも街で見かけるのはセブン-イレブンかファミリーマートだ。テレビも「アナログ放送終了まであと14日！」とでっかく映ったNHKのチャンネルが普通にあり、自分も出演した『ゲゲゲの女房』が放映中。日常会話で日本のドラマの感想が飛び交う。生まれた時から日本の文化があるから、字幕がなくとも楽しめる教養の土壌ができている。

この違い。静かに打ちのめされてしまった。なぜ自分は今までこんな風に素直に日本を楽しんでくることができなかったのか。性格的なものか、それとも国全体のムードだろうか。「この国が好きだ」と発言することに対して微妙に後ろめたさを感じるような教育を受けたせいもあるかもしれない。どちらにしても人の目を気にするのが普通だ。

もちろん台湾には日本だけでなく世界中の文化がひしめいている。夜市など、自国の文化だって衰退せずにいまだに若者が押し寄せる。様々な文化が混ざり合っているのは日本

だって同じだが、ここまで素直に楽しんでいるだろうか。たとえばスターバックスカフェが好きになり、毎日通った場合「お洒落ぶっていると思われるんじゃないか」と後ろめたくなったり、他人にバカにされたことはないか。初代iPadが発売された時、電車の中で使っている人を見て「これ見よがしに自慢してる」と心の中でバカにしたことはなかったか。本当は素直に楽しんで何も問題ないはずなのに、いつも後ろめたい。常に監視し監視されている気分だ。

きっと台湾にだって数日滞在した者ではわからないこともたくさんあるだろう。長くいたら日本のそれと変わらないと感じるかもしれない。だけど新参者としてこの国を観た時に、「こう思われるんじゃないか」という不安はないように見えた。そして、特に日本の文化を素直に楽しむという点においては完全に負けてしまっていると思った。それはなんだか悔しいというか、こっちだってもっと楽しみたいじゃないか。

ライブはとても盛況だった。みんな行儀よくちゃんと聴いてくれるし盛り上がってもくれる。日本語の冗談にも声を上げて笑ってくれる、このファンの人たちや、この国の人たちを、さらに楽しませられるようになりたい。より面白いことをして、もっと頑張ろう。また来るぞ台湾。

『エピソード』

セカンドアルバム『エピソード』が発売されました。

とにかくホッとしている。誰のせいでもない、とてもナイーヴで（ナイーヴすぎてここには書けない）困難な障害が発生し、パニックになりながら這々の体（てい）でたどり着いた制作完了だったから、腹を痛めて産んだ我が子が成人して独り立ちするかの如く嬉しい。男だけど。男だから妊娠できないからわからないけど、きっとそんな感じなんです。

もう少ししたらこの子は聴き手という嫁をもらい、感想という孫を連れてこのジジイの元にやってくるはずだ。我が子の育て方がよかったのか、間違っていたのか、そこである程度わかる。どんな反応があるのか怖い部分もあるけど、それと同時に、やっぱり嬉しい。無事に巣立っていったんだもの。

2011年の3月中旬から曲づくりを始め、アレンジを考え、メンバーを集めてバンドリハを重ねレコーディングをし、初めての海外マスタリング作業を経ての完パケが7月末。いつものことながらセルフプロデュースというのは考えること、やることが多い。今回の制作期間はトラブルが多かったから納得いく作業が思うようにできず、文字通り地獄だった。少し大げさな言い方だけど、表現や作品づくりには嫌と言うほどついて回るやっかいなも

の、それがこの「ものづくり地獄」だ。

「ものづくり地獄」とは、作っても作っても満足できない制作作業のことを言う。たまに「これはすごいものができたぞ」と思えても、しばらくすれば「まだまだ」「さらにすごいものを」と求めて彷徨い繰り返す。今回も今は達成感でいっぱいだけど、何カ月か経てば「もっとこうすればよかった」という想いがマグマのように溢れ出てくるはずだ。

簡単に言うとクリエイティビティの追求ということなんだけど、そんなお洒落な言葉よりも「ものづくり地獄」の方が、毎回ストレスとプレッシャーで押しつぶされながらも笑顔でゲロ吐きながら作ってる「楽し辛い」感じがしてぴったりである。

この無間地獄、いつ終わんのかな。

小さい頃から、死んだらどうなるんだろうとよく考えた。天国なぞないのは子供心にわかっていたけど、地獄はある気がした。怖くなってそれとなく頭良さげなクラスメイトに聞いてみると「人は死んだら無になるんだぜ」と粋な回答。だけど「無」ほどわけがわからなくて怖いものはない。結局その日も布団の中で眠れなくなって、窓から漏れる月明かりで『つるピカハゲ丸』の単行本を読み、くだらないギャグで気を紛らわした。

人はどこから来てどこへ行くのかという問いはベタではあるけど永遠の謎で、答えは出ないので考えてみないとわからない。けど死んだら無になるから結局わからない。答えは出ないので考え続けるしか、生き続けるしかない。それはものづくりも一緒だ。答え＝死なのと同じで、

満足＝引退だ。本当に心の底から満足してしまったら、俺の仕事人生は終わるだろうとぼんやり思う。

本当は満足したい。「もう思い残すことはないぜ」と一言いい残してかっこよく去っていきたい。だって、音楽をやる人なんて山ほどいるんだもん。

どんな音楽も、お店で並べられてしまえば平等だ。たとえジャンルが違っても、アイドルだろうとシンガーソングライターだろうとインストゥルメンタルだろうと比較されて当然。CD屋に行く度に、そのあまりに多様な品揃え、競争率の高さに「自分がやってる音楽に意味なんてあるのか？」「別にいま辞めても誰も困らない」と途方にくれ、AKB48が爆音でかかってる店内で、答えのない問いを一人繰り返してしまう。だったらせめて他人の評価じゃなく、自分の中だけでも満足いって、清々しい気持ちで「もう十分」と言えたらどんなに楽か。

でも自分の性格上、いつまでも永遠に完璧な満足を求めて、繰り返し作品を発表し続け、そのまま死んでいくような気がしている。しかし、だからこそ、ものづくり地獄の住人だとも言える。

AKB48の「フライングゲット」が一日に102万枚の売り上げ。しかも発売日前日の文字通りフラゲだけで102万枚。おいおいスゲーな。チキショー。そうさ、そんなの俺みたいな奴がいくら楯突いてもかなわないさ。え、なんだって？ そもそもジャンルが違うん

39 　　　『エピソード』

だから、比べる必要ないし、戦おうとするだけ無駄だろって？無駄なことだと思うだろ？

でも、やるんだよ！（©根本敬）

「一部の人だけ聴いてくれればいい」なんてツマラナイことは死んでも言わん。「どんな方法でもいいから売れたい」なんて恥ずかしいことは死んでも思わん。自分が面白いと思ったことを満足いくまで探りながら、できるだけたくさんの人に聴いてもらえるように努力する。それが我が地獄における、真っ当な生きる道だ。生きるとは、自分の限界を超え続けることであり、生きるとは、死ぬまで諦めないことである。

そんな『星野観光プレゼンツ地獄見学ツアー』への入り口としてふさわしいアルバム『エピソード』を、どうか皆様ひとつよろしくお願いします。

41　　『エピソード』

ぽっちゃり

食欲の秋だというのに、ダイエットをしなければならない。どうでしょう、この悩ましい現実。下がる気温に食欲は増すばかりだが、出演する連続ドラマ『11人もいる！』における自分の役・真田ヒロユキという男は、貧乏で運が悪く可哀想なダメ人間という設定なので、太っていたくないのだ。丸々と満たされている風貌より何処か不健康そうな見た目にしたい。そんな中での食欲vs役作り。ダイエットしているけどどうしても食べちゃう。酒が飲めない代わりに食欲は旺盛である。この矛盾の衝突によって生じる熱量をなにか有意義に使えないものか。

たとえばスウェットパーカーのフードの内側にある奥っちょの部分。冬が近づくにつれ、空気が触れにくいその部分は、室内で乾かすと生乾（なまがわ）きになる。そこをピンポイントで乾かしてくれないか。あれ大抵着てから臭いと気付くんだ。最近雨が多いから外に干すわけにもいかないし。それくらいのエネルギーは生まれるんじゃないか。矛盾よ。

だってすごく戦ってるんだもん今。チキンナゲット食いたいもん。その度に己の暗黒面に引きずり込まれそうになりながら、必死に違うことを考えるよ。レタスとか。レタスのこととか考えるよ。

郵便はがき

１０４-８７９０

６２７

料金受取人払郵便

銀座局承認

2070

差出有効期間
平成30年10月
28日まで
※切手を貼らずに
お出しください

東京都中央区銀座3-13-10

マガジンハウス
書籍編集部
愛読者係 行

ご住所	〒			
フリガナ			性別	男 ・ 女
お名前			年齢	歳
ご職業	1. 会社員（職種　　　　） 3. 公務員（職種　　　　） 5. 主婦		2. 自営業（職種　　　　　　） 4. 学生（中　高　高専　大学　専門） 6. その他（　　　　　　　　　）	
電話		Eメールアドレス		

この度はご購読ありがとうございます。今後の出版物の参考とさせていただきますので、裏面のアンケートにお答えください。**抽選で毎月10名様に図書カード（1000円分）をお送りします。**
当選の発表は発送をもって代えさせていただきます。
ご記入いただいたご住所、お名前、Eメールアドレスなどは書籍企画の参考、企画用アンケートの依頼、および商品情報の案内の目的にのみ使用するものとします。また、本書へのご感想に関しては、広告などに文面を掲載させていただく場合がございます。

❶お買い求めいただいた本のタイトル。

❷本書をお読みになった感想、よかったところを教えてください。

❸本書をお買い求めいただいた理由は何ですか？
　●書店で見つけて　　　●知り合いから聞いて　●インターネットで見て
　●新聞、雑誌広告を見て（新聞、雑誌名＝　　　　　　　　　　　　　　）
　●その他（　　　　　　　　　　　　　　　　　　　　　　　　　　　　）

❹こんな本があったら絶対買うという本はどんなものでしょう？

❹最近読んでよかった本のタイトルを教えてください。

ご協力ありがとうございました。

「ナゲット食べたい」
「レタスにしなさい」
「じゃあポテトのLサイズはどうだ」
「あれは野菜と見せかけてほぼ油だ」

そんな心の天使と悪魔の争いで、俺の体温は確実に一度は上がっているはずだ。日本中のダイエッターのエネルギーを一カ所に集めれば、一昔前にタイムスリップできるくらいの力にはなると思う。

今これを読みながら呑気にプリンとかを食べてるであろう読者の皆様、なんと今年はサンマが豊漁らしいですよ（激怒）。この間サンマの刺身を食べましてね、近所の蕎麦屋で。松茸の網焼きと一緒に。どちらも美味しくて松茸食べ終わったあと、つい出来心でサンマの刺身を網にのっけて炙ってみたわけです。それにわさび醤油をつけて口に運ぶと、もうね。
ギャアアアア！
おいしいいい！　ってなりますよね。

皆さんは気付かなかったと思うけれど、今「ギャアア」と「おいしい」の間にカップラーメンを一個食べたよ。サンマの話書いてたら腹が減りましてね。でも欲求としてはサンマ、つまり和食モードだったようで、カップラーメンが合うわけもなく、途中で「カップラーメンなんて食べたくないのに、何故食べているんだろう……？」と記憶喪失サスペンス

風シチュエーションを楽しむハメになった。何やってんだ俺。

この感じは男の自分だけではなく、女も一緒なんだろうか。女性の過剰ダイエットには断固反対だ。いや、実際その人がすごく太っていて「痩せたい」と切実に思っているならむしろ偉いと思うし、心から応援したい。だが「頼むからこれ以上痩せないで」っていうくらい細くてもダイエットするでしょうあなたたちは。コラ。

俺はぽっちゃりした人が好きだ。統計によると、世の男性の7割くらいはぽっちゃりが好きらしい。以前ラジオ番組に、「とある男にぽっちゃりが好きだと言われ、その基準を尋ねたら安めぐみと答えられて、女子として大変遺憾である」という怒りのメッセージが送られてきたことがある。

その通りだ。答えてしんぜよう。安めぐみさんは完全なる「痩せ」だ。あれをぽっちゃりと言ってしまったら、この世のほとんどの女子がデブになってしまう。それはそう答えた男が悪い。俺の思うぽっちゃりは、篠崎愛（16歳あたりの）である。痩せではなくデブでもない、絶妙にふっくらとした体型、それがぽっちゃりだ。彼女の体型はぽっちゃり世界基準として登録してもいいだろう。しかし問題はここからで、そのメールの文末にはこう書いてあった。

「私の思うぽっちゃりの基準は森三中です」

震えた。それは、お前ちょっと甘えすぎだろう。あれをぽっちゃりと言ってしまったらこ

の世のほとんどの人がガリガリだ。その旨をラジオで喋ると、後に「星野さんひどい！　森三中は可愛いです！」というメッセージが数人から届いていた。一見普通の抗議メールに思えるが、ここでは微妙に議論対象のズレが発生している。

つまり、俺（または同じ趣味の男）にとってのぽっちゃりとは、

「痩せでもなくデブでもなく絶妙にふっくらした体型」

のことをいい、彼女たちにとってのぽっちゃりとは、

「太っていても可愛らしい女子」

というまったく別のものを指しているのだ。さらにこれに、

「ムチっとした肌感の安めぐみのような女子」

のことを指す、メールの女性を怒らせた男の説も加わる。ぽっちゃりというものの定義について、ここだけで少なくとも三つの説があるわけだ。この差を認めずに、ただ言い争っても答えが出ないはずである。

ここはひとまず俺の定義で話をさせてもらう。もちろん「太っていても可愛い女性」はいるし、「太っていないなりに気を使い、お洒落で魅力的な女性」だってたくさんいる。

ただ、それで「可愛いからデブではない」とするのはいささか乱暴ではないか。

「可愛さ」は「ぽっちゃり」という概念の中に含まれない。その絶妙な体型を見た時に「フェティッシュ」な感情が、ある特定の男にわき上がる、というだけだ。デブであろうとガリ

ガリであろうと、それこそぽっちゃり解釈に怒る女子には、「太っていても可愛らしい女子」として「ぽっちゃり」を表現すれば、自分の痩せきれない後ろめたさを軽減することができ、ダイエットせずとも自分の受け入れ先（ぽっちゃり需要）ができたと思える利点があるのではないか。故にそのユートピアを破壊してくる「安めぐみ系男子」に牙を剝くのではないか。

しかし、それとは別の大きな理由として考えられるのは、対男子ではなく、難しい女性同士の関係において、親友ならばお互いの体型のことをディスればディスるほど友情は深まっていくだろうが、そうではない関係の、たとえば同じクラスや職場の女友達に対して、通常であれば「○○ちゃんって可愛いよね」等の挨拶代わりの発言をしなければいけないところを、「○○ちゃんってぽっちゃりで羨ましい」と「太っていても可愛らしい女子」の定義で表現すれば、「可愛い」という褒めともなり、「デブ」とは口が裂けても言えないストレスを間接的に発散し軽減させ、「可愛いよね」と発言するほど必要以上に嘘をつかずに心が荒れなくて済むという利点があるのではないか。故に、異性である男への目線として使うのではなく、「同性に対して使う」方向で言葉が進化していったのではないかと思うん

ですが、考えすぎかしら。

男は吞気に体型の話でキャイキャイしているだけだが、女性にとっては厳しく神経をすり減らす女同士の社会でなるべくストレスを抱えずに過ごす知恵というわけだ。そう考えれば、無理に反論する気もなくなり、大変だなあと敬礼したくなる。

とはいえ、物事をなるべく真っすぐに考えると、デブと可愛いはまったく別次元の問題にした方が健全だとやはり思うわけだ。それは、恐らくプライドを持ってデブを維持している、森三中の皆さんにも大変失礼な話であると思う。あのお三方は、超面白くて、しっかりとデブで、かつ可愛いのだ。

俺たちは男と女のぽっちゃりの解釈に差があることを認めなければいけない。そして、この三人を引き合いに出し、デブとぽっちゃりの境界線をうやむやにするのももうやめよう。安めぐみさんのムッチリボディを「ぽっちゃり」と表現してしまうような感性の低い男のことは無視しよう。

森三中の皆さんは、「女芸人は下ネタやリアクションで笑いを取れない」というジンクスを見事に打ち破ったパイオニアだ。さらに「面白い女芸人」に対して今まであまりあり得なかった付加価値として「可愛さ」までも手に入れたのだ。恐らくそれには相当な努力があったはずだ。見た目で笑わせる面白さだけでなく、お洒落な服装をしていても「芸で笑わせられる」ように試行錯誤も重ねたはずだ。森三中の皆さんを見て爆笑しながら、その

47　ぽっちゃり

努力に対して心の中で最敬礼する。やはり努力は大事だ。なんだか考えすぎてわけがわからなくなってしまった。腹が減って、書いている途中でカップ春雨を食べた。何だろうねカップ春雨って、カロリー少ないから安心して二個食べてしまうのは何故ですかね。努力ってキツいわ。

ぽっちゃり

『11人もいる！』

連続ドラマ『11人もいる！』を撮影中。物語は大家族もので、脚本は宮藤官九郎さんだ。主演は神木隆之介くん。神木くんとは2007年に『探偵学園Q』というドラマで共演させてもらって以来。子役出身の俳優は「幼い頃から芸能界のいろいろにまみれそう」という偏見的理由で将来を心配される傾向にあるけど、神木くんは奇跡的なほどに純粋な青年に育っている。

朝、現場に入ると「源さーん！」と目をキラキラさせ、手を振りながら走ってくる神木隆之介。撮影が終わると「源さん、お疲れさまでした！」と笑顔で敬礼する神木隆之介。どうですこれを読んでいる年下好きの女性の皆さん。羨ましいであろう。ナチュラルに敬礼する人なんて初めて見たよ俺。本当に楽しい現場なので撮影自体も楽しみで仕方ないが、神木くんのキラキラを味わう喜びも格別なものである。

休憩時間に二人で世間話をしていると、ラジオで毎週下ネタばかり言っている自分まで純粋になったと錯覚しそうになる。今日も、もうすぐ卒業するという高校でのバスケやテストの話を聞いて、普段住んでいる自分の世界とあまりにかけ離れたその内容に、たまにふと我に返り死にたくなる瞬間はあるが、話していていつまでも飽きずに楽しい。

神木くんには、いつも友人と、もしくは一人でも行くお決まりの遊びのコースがあるという。へぇ、今度連れてってよ、となんの気なしに言うと「源さん！　一緒に行ってくれるんですか⁉」と目を輝かせながら腕を握ってきた。……いかん、危ない危ない。変な方向に趣味が開眼しないように前日に見たグラビアアイドルDVDを脳内再生させた。

数日後、実際に二人で遊ぶことに。待ち合わせはとある駅だ。歩いていくと遠くに手を振る神木くんがいた。

「源さーん！」

神木くん、そんな声出したら二人のことがバレて目立ってしまうじゃないか。帽子をかぶって装ってはいるが、一発で神木くんだとわかる見た目だ。もしやこの男、隙だらけだな。しかしそこがまた現場の人間全員から好かれる所以だとも思う。純粋な真っすぐさを持ち、人気者で、かつ隙だらけ。完璧じゃないか。

いったいどこに行くんだ神木くん。

「まずはボウリングに行きましょう！」

クラクラした。真っ当すぎる。神木くんはもうすぐ二十歳だが、中学生のような真っ当さである。ボウリングなんて久しく行ってないぞ。と思いつつ、気が付いたら三ゲームもしていた。楽しい。ストライクを出し、ハイタッチをする。

「源さんやりますね！」

51　『11人もいる！』

ありがとうございます。もう肩が痛くて仕方ありません。で、次はどこに行くの？

「カラオケ行きましょう！」

目眩(めまい)がした。女子高生か。ていうか一人でもこのコース行ってるってすごくないか。まさかの神木隆之介ぼっち……いや、一匹狼説。しかしまたそれも日本中の人から好かれる理由だろう。ここまで芸能界ズレしていないスター俳優と会うのは初めてだ。どんな芸能人でも、それがティーンだったとしても、男女関係なく群れを作り、もっと陰湿な遊び方をしているというのに。

お気に入りの歌を振り付きで歌い踊る神木くん。それを爆笑しながら応援するオッサン。こうして眺めていると、神木隆之介の青春というものは、他のいわゆるリア充と呼ばれる類いに属する若者のそれと一見似たように思えるが、ハッキリと違う。共同体ありきで選択しているわけではなく、個人でそれを発案し選択している。しかも劣等感からの開き直りではなく、ルサンチマンの解放でもない。群れに属することもしないが他人を遠ざけることもない。ただ自分が決めたことを、選んだことを生きている。それだけのことなのに何故かとても輝いて見える。

それはきっと、芸能界というねじ曲がった社会構造に大抵の人が飲まれてしまう中で、自分の足でしっかり立つことを選び、確立した男の輝きだ。

俺はどうだろう。自分の足でしっかりと立ち、しっかりと選択できているか。今はできているつもり

だが、神木くんの歳と同じ頃の自分を想うと、どうしても無駄に過ごしてしまったのではないかと自責の念に苛まれる。他者に寄りかかり、何者でもない存在だった自分。しかし、それがいま『11人もいる！』で演じている役・真田ヒロユキのダメさと重なってくる。

このドラマの主軸となるのは大家族で、住んでいるのは両親と8人兄弟。そして親戚で子供たちからは叔父となる男・ヒロユキが借金を抱え、ニートとなり居候している。ヒロユキは果てしなく無駄な存在だ。ただでさえ登場人物が多いのに、住む家を探すのが面倒くさいという理由だけで一家に寄生し、毎週これでもかと登場してくる。

最近はあまり見ないけど、コメディ・ホームドラマには必ずと言っていいほど家政婦だったり居候だったり腐れ縁の友達だったり、本筋とは一見関係のない人物がやたらと登場していた。『時間ですよ』の悠木千帆（現・樹木希林）や堺正章しかり、『フルハウス』のジョーイやキミーしかり。

今、テレビドラマでは特に無駄を排除する傾向にあり、話数も全体的に少なくなっている。2クール（約24話）や3クール以上が通常だったものが、いつの間にか1クールになり、全10話というのも最近は多い。『11人もいる！』も全9話と最初から決まっていた。だから本来は「余計な」エピソードや登場人物は削らなければいけないはずなのに、宮藤さんはどんどん無駄な台詞や要素を投入していく。

一般的なドラマ脚本と宮藤さんの脚本との違いで特筆すべきなのは、宮藤さんのホンで

は説明台詞をあまり使わず、一見ムダな台詞ばかりを使って物語をぐんぐん進めてしまうところだ。くだらないギャグに気を抜いてケラケラ笑って見ていると、いつの間にか物語は進み、感動し、泣かされていたりする。言葉巧みに冗談を織り交ぜながら最後には服を脱がせてしまうAVのナンパ師男優みたいな男だ。

傾向として、コメディならコメディ、シリアスならシリアスとシンプルな物語の方が作品として増えてきている気がするけど、俺はシリアスも笑いも恐怖もリアリティも、全部ない交ぜになっているものが好きだ。

現実の生活は、何も起こらないように見えて常に様々な要素が混在している。普通の人だって怒りながら涙が出て、そんな自分にちょっと笑ってしまったり、いろいろと矛盾して混沌とした感情をいつも抱えながら真顔で過ごしている。

そこには余計なものがいっぱいだ。何も起こらないのがリアルではなく、一見だらだら続いているように見える裏側でめまぐるしく事件が起こっているのがリアルなのだと思う。そんな様々な要素を笑いながら楽しめる作品に、しかも一番大事な「余計な部分」として出演させてもらえるのは、とても幸せである。

カラオケを楽しんだ後は、神木くんと二人で買い物をした。自分の趣味を相手に勧め合う。こうして守備範囲が広がるのはとても楽しい。そして今日遊びに連れてきてもらったお礼に晩ご飯をごちそうした。男同士の話をし、悩み相談に答え、頭を下げられるも、お礼

を言いたいのはこちらの方だと思った。遊んでくれてありがとう。とりあえず自分にはカラオケにおける十八番がないことがわかったので、帰ったらもっと歌える曲を探そうと思う。

『11人もいる！』

フィルム

眠れない。いや、違う。不眠症ではなく、極めて普通に眠っている時間がない。

皆さん新年あけましておめでとうございます。でも正直まだこっちは11月末で、年末進行のまっただ中だ。レコーディングやライブ、ドラマでの芝居、エッセイの執筆、ラジオのパーソナリティ、今仕事になっているすべての活動が綿密に混ざり合って、片時も休まる時がない。嬉しいけれど、とても眠い。

まだまだドラマ『11人もいる！』は撮影中。今品川のとある公園でロケをしていて、撮影現場近くの神社の二階で子供たちみんなと一緒に開始を待っている。

俺の後ろではずっと、もうずうっと、共演者の柳沢慎吾さんが、出演者とスタッフのみんなに向かって喋り続けている。一週間前、スタジオ撮影の日に話してくれた「一年前にあった面白い話」をもう一度、今さっき起こったかのようなフレッシュさで、身振り手振りを交えながら喋っている。しかしながら本当にテレビで見ていたままの明るいキャラクターで感動すら覚える。存在自体が台風のようで、どんなに寡黙な人も話を振られ、心を持ってかれて楽しく会話に参加してしまう。

そしてバラエティ番組に出演している時と一つだけ違うと思ったのは、慎吾さん以外の

誰かが話している時、その人を見つめながら嬉しそうに「面白い、面白いねぇ」と呟きながら聴いているところだ。バラエティ番組に出演している時のように「人の話を聞かないキャラクター」では、普段は決してない。

俺も頑張ればこんな明るく社交的になれるだろうか。周りの会話に入れず、ひとりで夜な夜な自分にダメ出しを繰り返していた中学生から20代中盤までの自分と比べれば、今は人と話すのがとても楽しくなった。人の話をしっかり聞くことで会話が続く、という仕組みを理解できたのはつい最近のことだ。それまではなにか面白い話をしなきゃと考えて下痢。グループの会話に入らなきゃと考えすぎて下痢。今振り返ると、喋らなくて済む理由を考えることに熱を注ぎ、自分を正当化しようとしていたあの頃。そんな奴より自分が傷つこうがなんだろうが、ただ人とコミュニケートしたい、話を聞きたい、喋りたい、場を盛り上げたい、と多少ウザがられようが率先して人と関わることをやめない人の方が、何倍もカッコいいと思う。

「スーパーニュゥゥス、安藤優子です!」

後ろから慎吾さんの全然似てない物真似が聞こえてきた。この原稿を書いているパソコンを閉じて振り返り、キャスターの安藤さんはそんなに叫ばないですよと突っ込もうと思ったら、慎吾さんは既に撮影に行ってしまっていた。階段の下から「行ってきまーす!」という声が聞こえる。素早い。

ここ最近はこうやってドラマの撮影をし、帰っては新曲を書く日々。睡眠時間を仕事に割けたらどんなに効率がいいだろうと思う。とはいえ寝ないと死んでしまうので、二、三時間は眠りたい。でも布団でぐっすり寝てしまうと、翌早朝の撮影に寝坊してしまいそうで怖いから、机の前に座り突っ伏して頭の両脇に凶悪な音色と音量が出る目覚まし時計を二つ置いて体に毛布を巻きながら寝る毎日である。受験生か。

なぜそんな状況で曲作りをしなければいけないかというと、三カ月後にセカンドシングル『フィルム』が発売されるからだ。この表題曲は沖田修一監督の映画『キツツキと雨』の主題歌で、今作っているのはそのカップリング曲。シングルなのに全5曲収録もしなきゃいけなくて（自分で決めたのだが）スタジオ録音三曲に加え「ハウスバージョン」として自分の家でレコーディングした二曲を入れる予定で、それを今、急ピッチで進めているわけです。

もっと明るい歌が作りたい、とずっと思っている。アルバム『ばかのうた』も『エピソード』も収録曲の歌詞のほとんどが「自分が主軸の歌」ではなく「誰かの物語」になっているのは、自分の言葉を歌詞にしてしまうと暗い言葉ばかり出てきてしまって嫌だったからだ。あまりに暗い歌は、聴いている方もどんよりとした気分にさせてしまうし、歌っている自分も苦しくなっていくだろう。だから物語をでっち上げて自分と距離を置きながら歌っていた。

たとえば「子供」という歌は幸せそうな男女二人の歌だが、この登場人物は自分ではない。その時の自分とはかけ離れた想像上の人たちの歌だ。自分にそんな幸せは訪れないことを想いながら憧れを歌う。「くだらないの中に」も同じ。実際の自分とはかなり距離がある中で理想を歌いたかった。

そういった曲を作るのは短編小説を書いているようでとても楽しいのだけど、そればかり作るのも限界だと思っている。その曲を「星野自身を歌っている」と勘違いされても困るし、自分のその時の率直な想いを吐き出さないと後々ストレスも溜まってくるはずだ。明るい歌が作りたいのに吐き出る想いは暗いものばかりというジレンマ。それを越えて初めて自分のその時の言葉で明るい曲を歌おうと決めて制作したのが、今回の「フィルム」だ。ノリノリの曲調ではないし、もちろん無闇にアッパーな歌詞もまだまだ書けないが、対極にある暗さを踏まえた上で、それでも前向きなものを求める歌になっていると思う。この曲のミックスを終え完成した時、『エピソード』の制作が本当に辛かったこと、そしてそこから抜けることができたという実感があり、泣いてしまった。今まで現場で泣くことなんてなかったのに。恥ずかしい限りである。

「うわー歯が痛い！ 走りすぎて歯が痛い！ 貧血、走りすぎて貧血！ ハーアハア！ 参ったね！ ハアハア！」

慎吾さん急に帰ってきた。なぜ走って歯が痛くなるのか。突っ込もうと思ったら「20メ

ートル！ 20メートル走った！」と叫び、床に派手に崩れ落ちた。その距離でこのリアクションは面白すぎるだろう。そして笑っている俺の顔を見て「面白い？ やった！」と嬉しそうにしている慎吾さんを見ていたら、いつの間にか眠気がなくなっていることに、ふと気付いた。

エロについて

どうだろう読者諸君。ここはひとつエロについて一緒に考えてみないか。うしろめたさなんか微塵もない。人はエロいことをするから生まれてくるのだ。

俺はスケベだ。別に隠すことではないし、きっと死ぬまで興味が尽きないことの一つだと思うので、堂々と宣言したい。どのくらいスケベかというと、まだAmazonなどのネットショッピングが盛んになる前、欲しいAVを探し求めて街を彷徨っていると、丸一日何も食べなくてもいっさい疲れず、延々と探し続けていつの間にか深夜になってしまうほどにスケベだ。むしろ探索の集中力が鈍るからご飯など食べたくなかったくらいである。

ちなみに好んで鑑賞するAVの条件としては、以下が挙げられる。

- 暴力的でない。
- 女優が楽しそうである。
- 男優が過剰にしゃしゃり出ていない。
- 演技上等。素人的な反応より、プロの仕事を見たい。

特に4つ目の事項において、自分は完全にマイノリティだ。世の中、素人ものが好きな男がとても多い。しかしその男たちもうすうす気付いているだろう。素人ものと言われる作品に出ている女性のほとんどが駆け出しの女優であり素人ではないということに。

もちろん愛好家であり、変態紳士の皆さんはそのからくりを熟知する知性を兼ね備えている。

つまり、作品の中には「素人風演技もの」というカテゴリーが存在し(俺の中で)、それは大好物であるということだ。それも女優のすばらしい技量が見られる「プロの仕事」の一部である。

しかし問題はそこで終わらない。さらに突っ込んで定義してみよう。男たちはその純真さ故にこの説を認めたがらない。私が今一度皆さんに訴えたいのは、「この世の女性のほとんどは、女優でなくとも、セックスの時に必ず芝居をしている」という仮説だ。

「デビュー作の初めての絡みが一番重要なんだ。初めての撮影で男優のアレを受け入れた瞬間のあの表情、リアルなあの瞬間が一番興奮するんだ」

あの日、若き俺にキラキラとした目で訴えたあの男は、その「初めて受け入れる表情」までもが演技だと知ったら、いったいどうなってしまうんだろう。

よくAVのドラマパートで女優の芝居が棒読みでネタにされることがあるが、そういった芝居としての演技と、絡みでの演技はまったく別の脳で行われていると予想する。長い

年月。地球が生まれ人類が誕生し、男尊女卑の苦しい時代を経て、女性は男性をうまく騙すという能力を手に入れた。それは悪い意味では決してなく、生きてゆく前向きな能力としての進化だ。そしてその能力は普通に考えて、特にセックスの時に発揮されただろう。この世の女性は、すべて遺伝子レベルでその能力が組み込まれているのではないか。だから、本当に素人だとしても、真正の処女だとしても、変わりなく演技ができるのではないか。

もちろん自分は男なので、本当の答えはわからない。演技をしない女性はいないという仮説。すべてはただの予想だ。しかし、もし女性の中で「私はそんなことしない」と抵抗を感じる方がいたとしたら、それは「何かの理由で自分のその能力に自分でフタをするように」なった可能性が高く（そして、その原因は恐らく男ではないかと予想する）、故に「なんの躊躇もなくうまく男を騙せる女」に自分にはないものを感じ、抵抗が生まれるのではないか。

しかし、どんな女性にもその能力はあると確信する。なぜならどんな女性もセックスで生まれてきたのであり、どんな女性の遺伝子も、男という永遠のバカを相手にしながらこの長い年月、命を必死に繋いできたからだ。

俺は嘘が観たい。恥じらいも、快感も、絶頂も、演技で見せられると、すごい表現力だとひざまずきたくなる。もちろん、その中に本当の快感が混ざっていることが理想ではあるが、そんなこと男には永遠にわからない。「そう見せられている」時点で、男は「騙されてい

る」と感じるのでなく、「想われている」と感じるべきだろう。

しかし、そういったすばらしい表現の集合体であるAV作品を女性は基本的に許してくれない。発見したとたん「浮気じゃ」。そう叫ぶわけです。

時は戦国時代。押し入れにあるAVを彼女に見つかった武士（香川照之）が、正座をし、切腹する際に使用する短刀のようにアダルトDVDを自らの前に差し出しながら、言い訳するさまを想像していただきたい。

「……すまない」

「あなた。これは浮気ですわね」

「いや、違う」

「違う……？」

「セックスとオナニーは、別物なのだ」

そうだそうだまったく別物だ。しかし、その男の前では彼女が氷のように冷たい目をしていることは容易に想像できる。いやでも聞いてください。本当に別物なんです。

たとえば女性は化粧をしますね。人によってはエステに行ったりするでしょう。それと、オナニーは一緒なのです。

「一緒なわけがないでしょう」

まあまあ、落ち着いてください。鬼の形相で、土下座する全裸の香川照之さんの後頭部

をピンヒールで滅多刺しにしている女性の皆さん。これは先輩の女優・猫背椿さんが言ったことなんです。

「私にとってのエステや美容は、あんたら男たちにとってのピンサロとか風俗と同じだよ」

いかがか。俺のような若輩者でなく、大人の女性（既婚）が言うと説得力が増すでしょう。つまり、自分の美の追求という女性ならではの欲望を使い「自己を癒す」のと、スケベという男性ならではの性の欲望を使って「自己を癒す」のは同じ、ということだ。「自慰」とはよく言ったものです。

AVとピンサロという実際の女性にしてもらう行為は違うだろうと言いたい気持ちもわかる。だが否だ。どこまでいこうが、風俗はセックスではない。なぜなら、そこには愛がないからだ。もちろん、愛が生まれる可能性はゼロではない。しかし風俗がきっかけで交際がスタートする可能性の少なさは女性の方がリアルに感じられることだと思う。愛のないセックスで得られる快感は「一人ではないオナニー」に過ぎない。AV界の巨匠、代々木忠監督作品のように男優と女優の間に愛が生まれたように見える作品もあるが、あれはどちらかというと、女性が自分自身の中にも確固たる愛があるのだということを見つけた喜びが強すぎて、画面に愛が爆発し、それが男女間の愛に似て見えるのではないか、と俺は考えている。

話はズレてしまったが、つまり、ピンサロが浮気でないなら、AVはもっと浮気になりえ

ないわけだ。

自分には整形する人の気持ちはわからない。人前に出る仕事をすれば、手術をせずとも顔は簡単に変わっていく。よくアイドルの若い頃と現在の顔を比べて「整形だ」と騒ぐ習慣があるけれど、その中には整形していない人だってたくさんいるのだ。人間の身体の中でも顔というのは微妙な差異で大きな変化を感じる繊細な部位だ。化粧で別人になれるというのはそういうことであり、たくさんの人に見られていれば、それなりの表情を作る。そして、どんな人も顔の筋肉が「見られても大丈夫なように」変化していく。だって俺の顔だって10年前と比べれば、かなり変化したもの。

（主に）女子が何故そこまでして美を追求したがるのか昔はわからなかったが、女装の経験を重ねるにつれ、その秘密が理解できるようになってきた。

初めは宮藤さん演出の舞台『七人の恋人』で、妊婦の役を演ったのがきっかけだ。女装後、メイクさんに「可愛い」と言われ「おや?」と思った。その後、音楽での所属レーベルで集合写真を撮る際、料亭の女将のコスプレをすることになったのだが、その撮影場所のバーの店員に気に入られ「隣に座れよ」と言われ、撮影が終わった後も女性としてお酌するハメになった。最後は、雑誌『POPEYE』のイベントで女教師のコスプレをした時、来た女性客をして「私より女の匂いがした」と言わしめた。そこからだんだんと理解できるようになってきた。

女の子というものは、小さい頃から「可愛い可愛い」とおだてられ、それを全身に受け止めて育つだろう。環境にもよると思うが、可愛いと言われること、可愛くあろうとすることが、水を飲む、とか息を吸う、と同じように女の子には当たり前のことになってしまうのではないか。

しかし大人になるにつれ、言われなくなることが増えていく。幼い時にあった無垢な可愛さは消え、可愛さを求める心と裏腹に、厳しい女同士の社会性に順応するにつれ、精神はたくましくなっていく。そんな中で女の子が「可愛さ」を磨くということは、幼い頃から摂取してきた「可愛いね」という言葉を意識的に自分に与えさせようとする自己愛なのではないか。そして時には男という対象が消え、ただ己のために美を追求しはじめる。それも自らを癒す＝自慰ということに繋がるはずだ。

女装して「可愛い」と言われた時、まさに快感だった。「あ、こりゃ気持ちいいわ」というあの感覚は、どんなに歳をとっても自分たちのことを「女子」と呼ぶ、あの女性特有の謎の意味を知るには十分だった。それがわかってから「厚化粧になってしまう人」の可愛らしさに気付き、今は化粧をしてもしなくても、基本的に可愛くありたい女子が好きになった。なにしろ、それは男にとっての自慰と同じなのだから。

というわけで、今から、AV見ます。

川勝さん

ポップカルチャーが好きだ。

うだつの上がらない思春期を、演劇や、マンガや、音楽や、様々なカルチャーを摂取して、楽しんで、それらに助けられて生きてきた。時には励まされ、時には叱られ、こうあるべきだと人間としての理想を教えてもらったりもした。

そして今、作品を創る側の人間になり、そして「サブカルチャーの人」と受け止められることも多く、それ以降「サブカル」というものについて、ことあるごとに考えるようになった。

なのに、いまだにサブカルチャーというものの意味がよくわからない。メインカルチャーに対してのサブカルチャーだとは思う。でも、どこまでがメインで、どこからがサブなのか。俺だって昔はなんとなく「この言葉を使えばカッコいい気がする」という理由で「サブカル」という言葉を使っていたけれど、そもそも実はもう、サブカルチャーっていうもの自体が、既になくなっているんじゃないのか。

もちろん、この言葉がもてはやされた80年代、90年代当時は、まだ様々なムーヴメントが生まれて猛烈に盛り上がっては消えゆくような、年代を指定するだけでその頃の空気がす

ぐ伝わるような確固たる流行があっただろうし、そのメインカルチャーに対抗するものとして「大衆と呼べるほどの支持はないが本質的な魅力とパワーを持ち、歴史を塗り替える可能性を秘めた表現、文化」のことを「カウンターカルチャー」や「サブカルチャー」と呼んでいただろう。しかしその言葉は、インターネットが出現し、音楽にしても、映像にしても、保存技術が発達して、いつ何時も誰でも欲しいものが高品質で手に入り、どんな国の小さな情報でも世界に広がることが可能になり、それと同時に訪れた、「爆発的な大衆の流行の消失」をきっかけに、カルチャーの受け皿が「時代」という大きなものから、「個人」という小さいながらも根強いものに変わり、どんどん意味をなくしていったのではないかと思う。

今ある、ゼロ年代やテン年代という言葉がどこか白々しく感じられるのは、カルチャーの座標軸が細分化され、年代という大きなものでは語れない時代になったからではないかと思う。

そして、今使われる「サブカルチャー」とは「あの時代にサブカルと呼ばれた人たち」及び、「あの頃サブカルと呼ばれた人たちの匂いを感じる後継者たち」という意味なのではないか。しかしそこに「サブ」という言葉に含まれた誇りはない。いま「サブカル」という言葉を使うということは、ただ「あの頃」をノスタルジックに想い、未来に背中を向けて現実を見ていないことになるのではないか。

そして今、「サブカル女子」や「糞サブカル野郎」と差別的に揶揄するために使われるこ

昨日、川勝正幸さんが亡くなった。

編集者、ライター。たくさんのカルチャーを教えてくれた人。大人計画、ジャパニーズ・ヒップホップ、ヤン富田、ラジカル・ガジベリビンバ・システム、ジョン・ウォーターズ、勝新太郎、クレイジーケンバンド、根本敬。今の自分のアイデンティティを作ったり、叩きのめしたり、ひっくり返してくれた表現者たち。特に根本敬さんという存在を紹介する時、川勝さんは「臭いモノのフタを取る人」という言葉を使い、それを「カッコイイ」と評した。自分にはあまりに巨大すぎて、飲み込めなかった根本さんをわかりやすく、飲みやすく、そして愛のある言葉で伝えてくれた。川勝さんの文章を読むと、それまで自分が持っていた先入観がなくなり、さらに「愛のある先入観」を持つことができ、楽しむことができた。

川勝さんの本に自分の名前を見つけたのは２００６年頃。そのことに飛び上がって喜ん

とも多くなった。こちらは主に「あの頃サブカルと呼ばれた人たちの匂いを感じる」誰かを「好きだ」と発言した者を「サブカルなものならなんでも良しとする、レベルの低い奴ら」と、馬鹿にしているわけだが、そもそも「サブカルだけが好きな人」など、いるにはいるだろうが、圧倒的に少なくなった現状であるうえに、サブカルというものが存在しない今、そうやって馬鹿にすること自体が滑稽で空虚だということに、その輩たちは気付いていない。

好きなものを素直に主張しにくいそんな状況は、やはり悲しい。

でいたら、川勝さんとライター・下井草秀さんのユニット「文化デリック」からお声がかかり、POP寄席というイベントに出演させていただいた。

そこからお付き合いも深くなり、テレビ誌『TV Bros.』にて始まった細野晴臣さんとの対談連載「地平線の相談」では、自分からの希望で、ライターとして、文化デリックのお二人に参加していただいた。細野さんとの対談が終わると、いつも川勝さんに目黒のとんかつ屋・とんきに連れて行ってもらった。時には事務所にお邪魔し、クレイジーキャッツのレーザーディスクを見せてもらい語り合った。俺が忙しくて心を病んでいた時、「ちょっと休んで旅しましょうか」と、故郷である九州のご実家のお墓参りに同行し、そのまま佐賀に旅行に連れて行ってもらったりもした。「ゲイカップルじゃないですから」と唐津の旅館の女将さんに言い訳しながらの旅はとても楽しかった。

川勝さんの訃報がテレビやネットに出た時、そのいくつかには「様々なサブカルチャーを紹介したライター」と書かれてあった。もちろん間違ってはいないんだけど、それを少し疑問に思った。もちろんご存命中も「サブカル界の〇〇」という風に紹介されることが多かったけれど、実は川勝さんが書く文章には「サブカルチャー」という言葉はまったくと言っていいほど出てこない。

どんなに無名であろうが、有名であろうが、明るい表現であろうが、暗い表現であろうが、平等に褒め称え、「ポップカルチャー」という言葉で紹介していた。川勝さんが書く文章に

は、批評ではなく、ただ「俺・川勝正幸」が面白いと思ったものに対し、その楽しさを「俺」フィルターを通していろんな人に伝える、愛のある言葉があった。著書『ポップ中毒者の手記』に「ポップウイルスに感染しろ」という言葉があるが、様々なウイルスに川勝さんが感染し、さらにそのウイルスに川勝遺伝子情報を加えてパンデミックさせる。そしてその輪は広がり、様々な表現や人物に影響を与えていったのだ。もちろん自分もその一人。ポップウイルスに感染した川勝さんは今、ポップウイルスそのものになった。様々な表現者が今もそのウイルスに感染し、持ち合わせている。そしてそれは未来の世代にさらに受け継がれ、川勝さんの魂は永遠に生き続けるのだ。もう、「サブカル」という言葉はいらないだろう。この世の面白いカルチャー、あなたが面白いと思うものはすべて、「ポップカルチャー」と呼んでいいのだ。

　最後に。

　一緒に旅行に行った時、先に寝てしまった川勝さんのイビキが絶叫っていうくらいすごく、隣の布団の自分はまったく眠れず、でもそれが面白すぎて爆笑してしまったことを、うっかりフライングで Knockin' On Heaven's Door してしまったペナルティとして、ここに書き記しておきます。いいですよね、川勝さん。

川勝さん

疲れた

眠い。今、この文章を書こうとノートパソコンを開いたとたんに眠気に襲われ、こっくり寝してパソコンのキーボードに勢いよく額をぶつけて眉間が真っ赤だ。普段なかなかやることのない古典的な眠気の表現をしてしまうほどに、身体は崩壊寸前のようだ。

数年前から、うなされて起きることがよくある。定番の「台詞を憶えてないのに舞台の幕が開く」シチュエーションや、何者かに追いつめられ、崖から突き落とされるサスペンス風のもの、逆に誰かの首をちぎれるほどに絞めている嫌な夢。忙しくなるといつもそうだ。最近はさらに進化し、「これは夢だな」と夢の中で気付けるようになった。この間も誰かに殺されそうになり、馬乗りになられたところで夢だと気付き、なにか卑猥(ひわい)な言葉を言って目を覚まそうと「ちんこちんこ」と念仏のように唱えていたら、現実でも「ちんこちんこ！」と絶叫していて、そのまま飛び起きた。寝室に響き渡る「ちんこ」の残響。そしてそのまま稽古に行きましたよ。妙に悲しかった。

いまは舞台『テキサス』の稽古中。初めての主演舞台だ。共演は、木南晴夏さん、野波麻帆さん、岡田義徳さん、高橋和也さんほか、たくさんの方々。

今まで様々な演劇に出させてもらったけれど、こんなに舞台に出ずっぱりで、ここまで

台詞を喋りっぱなしな作品は初めてだ。稽古中も芝居しっぱなしで、自分の席に座る時間があまりない。普通自分の出番以外の時間というのは、用意された椅子に座って、稽古風景を見て笑ったり、演出家さんの後頭部を見たり、自分の芝居について考えている振りをして関係ないこと考えたりするものだ。それらも舞台稽古の大事な作業の一つであり、楽しみでもある。しかしその時間もないというのは、主演というだけでずいぶん違うものだなと思った。ずっと芝居させてもらえる。ありがたい。しかし昼1時から夜9時までぶっ通しの稽古で（休憩時間45分）、もう喉もボロボロだ。

演劇に出会ったのは中学一年生の頃。友人に誘われ学校内で行われる舞台に出ることになった。そこから様々な舞台を鑑賞するようになり、高校一年生の時先輩に勧められた松尾スズキさん作・演出、片桐はいりさん主演の『マシーン日記』を観て、人生が変わった。そこから学校内で演劇を企画して作・演出したり、卒業生の誘いでチケット代が発生する舞台に出て、チケットノルマの過酷さを思い知ったりした。

卒業して一人暮らしを始め、バイトをしながらオーディションを受け、飲めないのに飲み会に参加してツテを作り、舞台に出させてもらってはノルマを払い、一文字でも台詞が欲しい、という役者として真っ当な欲求を胸にいつも稽古を眺めて、思うように芝居できない悔しさに明け方泣きながら線路沿いを歩いたりした。青い青い。恥ずかしい。しかしそんな昔を思うと、なんだかんだ言っても今の状況は本当にありがたく、嬉しい。

稽古も佳境である。地方公演に突入して美味しい物食べてるであろう穏やかな未来に想いを馳せる。ああ、休みたい。今日も高橋和也さんに罵声を浴びせる芝居をしながら、頭の中ではずっとこの言葉がぐるぐると回ってた。

TSUKARETA。本当に疲れた。疲れすぎて逆に、股間は元気だ。疲れマラだ。どうだい木南さん、野波さん美人女優のお二人、見てください、稽古をしながら何故か勃っていますぞ。どうぞ見てやってくれ。しかし、これでもし、ちんこまで元気がなくなったとしたら、俺はもう限界なんだろうな。いや、まだまだ大丈夫だ。ヤリたい。ああ、俺はまだいけるはずだ。

『テキサス』の顔合わせには、全国のライブツアーを数日残した状態で突入した。そこから始まる稽古の日々。そして稽古後には新曲の曲づくりを家に帰ってやり、バンドリハーサルをし、レコーディングをする。加えて週一回のラジオ出演に『テキサス』の宣伝で雑誌やラジオの取材がガンガン入り、連載などの文筆仕事を朝まで頑張る。

「忙しそうに書きやがって。ただの自慢じゃないか」

そうです。自慢です。ていうかそれくらいさせておくれよ。こちとら疲れて気が狂いそうなんだよ。この「疲れ」を面白がる方法は自慢する以外にないだろう。他には今のところ、稽古でかれた喉を使って上田正樹さんの真似をするくらいしか思いつかない。

「Hold Me Tight!」

酒が飲めれば、愚痴とともにこの疲れを誰かと分かち合えるだろう。喉を使う仕事をしていなければ一人カラオケで熱唱しストレス発散できるだろう。スナックとか行ってみたい。そしてママに愚痴を言って優しく窘（たしな）められたい。しかしそれも酒を飲めないせいで行く度胸がない。共演者のみんなと飲みに行っても、昔からの仲でないから愚痴なんか言えるわけがない。愚痴って誰に言えばいいのか。

となればやはりこの場だろう。読んでいる皆様だけが俺の話を聞いてくれる。この原稿用紙は場末のスナックだ。勝手に決めて申しわけないが、黙って話を聞いてくれる聞き上手のあなたたちは理想のママさんだ。この憐（あわ）れなオッサンの愚痴を聞いていただきたい。そして話を聞いた後、そっと抱きしめてはくれないか。上田正樹の歌のように。

宇宙人

母からメールが来た。

「祖父ちゃんが宇宙人になりました」

母の父親は萩本欽一さんに喋り方が似ている。「そうなんだよぉ」と語尾を上げて笑いながら喋る人だった。幾つになっても食べること、そして食べさせることが大好きで、小さい頃から毎年正月には星野家と従姉妹の一家が集まっておせちを食べ、お年玉をもらうのが恒例だった。次第に従姉妹も家庭を持ち、俺も仕事で忙しくなり、なかなか全員では集まれなくなった。

それからは不定期に星野家と会食するようになる。だいたいいつも中華か焼き肉という重たい食事だ。

「源、金はあるのか?」「もっと食べろ」が口癖で、いつも小遣いを手渡してくれて、腹いっぱいにしてくれた。

月日は流れ、自分でもやっと金を稼げるようになった。去年の正月は中華で、たまにはお祖父ちゃん孝行しないとと思い、会計の時トイレに行くふりして店員に声をかけ、先に計算をしてもらい、払った。いつまでも心配させてはいけないし、もう一人前だぜ、大丈夫だぜ、

というところを見せておきたかった。
店を出る時「払ったよ」と言うと、財布を用意していたお祖父ちゃんは驚いてしばらくフリーズし、それから喜んでくれた。けど、その笑顔の瞳の中にほんの小さな、若干の寂しさがあったような気がした。妙な罪悪感が心の中に残った。それから数カ月後、お祖父ちゃんは倒れた。
癌が見つかり、手術して胃をほとんど摘出した。好きだった外食ができなくなり、めっぽう体力も落ちた。

年明けに、病院にお見舞いに行くと、ずいぶん痩せたお祖父ちゃんが横たわっていた。看病していた母は「事前に伝えると期待するから」と来ることを知らせていなかったらしく、ベッドの中、俺のことを幻を見るかのような目で見つめていた。開口一番、「ご飯食べてんのか?」と聞かれ、笑った。きっと、俺はいつまでも六畳一間の風呂なしアパートに住んでいる若者なのだ。「食べてる」と言うと、お祖父ちゃんは俺の手を握って「来てくれてありがとう」と泣いた。涙は出ていなかった。でも顔を思い切りしわくちゃにして、震えていた。あれは確実に泣いていた。人は衰弱すると涙も出なくなるのだと知った。それが余計悲しかった。別れ際、「また焼き肉に行こう」と約束をして帰った。それから二カ月経って来たのが、母からのあのメールだ。

「祖父ちゃんが宇宙人になりました」
解説すると、つまりお祖父ちゃんがボケはじめ、こちらでは理解できないことを言いはじめた、ということだ。
「そろそろ宇宙に帰るかもね」
つまり、寿命が近づいているだろうということだが、しかし、そんな冗談のような書き方をされると、幾分くらうショックも和らぐ。『テキサス』の稽古中だがお見舞いに行かなくちゃと思っていたある日、メールが来た。
「宇宙への出発が延期になりました」
前は食事をすることもできず言葉も出なかったのが、この数日よく食べ、喋るようになったらしい。少しホッとして、もうすぐ初日を迎えるから、少し経って落ち着いたらお見舞いに行こう、と思っていた。
それから一週間が過ぎた。
思ったよりもずっと早く、母からメールがあった。
「今日、宇宙に旅立ちました」

お祖父ちゃんが死んだ。
通夜の日、舞台の本番を終えて、そのままタクシーに乗った。夜中の斎場にはもちろん

誰もおらず、両親と従姉妹の叔母ちゃんだけが泊まり込みで線香を絶やさぬようにしていた。

数カ月ぶりに見た棺の中のお祖父ちゃんは、お見舞いに行った時の何倍も痩せこけてはいたが、ほおの肉が重力で下がったお陰で口角が上がり、ちょうど笑っているような顔で寝ていた。最後の数日は、痰を吸い出す機械に苦しみ悶え、最終的には酸素マスクも苦しくなり、自分で外して手放さなかったそうだ。そして「もう勘弁してくれ」と言わんばかりに顔の前で両手を合わせたその日の夜、逝ったそうだ。きっととてもしんどかっただろうけど、今の状態は安らかな笑顔である。

焼香をし、手を合わせて、一息つくと、自然と昔話が始まる。母や叔母から、いかにお祖父ちゃんが他の老人たちにモテたかという話を聞いたり、入院中、看護師に「源の嫁が来てくれて、一晩看病してくれた」という謎の会話をしていたという話を聞いて、「誰だ」と戦慄し笑った。いつも俺の結婚式に出たがっていたので、勝手に脳内処理したと予想する。

ひとまず脳内だけでも結婚できてよかった。

そんな話をして笑っては、棺桶の中の顔を覗き、指差して「ほら、お祖父ちゃんも笑ってる」というギャグをやって、ゲラゲラ笑った。それをひたすら繰り返した。

それから、母と叔母とハグをして帰った。二人ともよく笑っていた。自分の父親が死んだのである。自分だったら、ここまで冗談にできるだろうか。

とりあえず、いつか俺が死んだら、すぐさまお祖父ちゃんが宇宙焼肉屋を予約するのは目に見えている。できるだけ長生きして、「お疲れさま」と旨い焼き肉を一緒に食べたいものである。

夢の外へ

　主演舞台の名古屋公演の千秋楽を終え、打ち上げ後の夜中に急性腸炎でぶっ倒れ39度5分をたたき出し、猛烈な便意と体中の激痛に悶えながら新幹線に乗り、東京に帰った次の日に解熱剤を飲みつつセーラーの格好で三枚目のシングルのジャケット撮影をし、そのまま都内某所でオアシズ光浦靖子さんの本の取材で少し気持ち悪いブローチを渡され、もらえるのかと思ったら「個展で使うので」と取り上げられ、家に帰ってそのまま倒れ込み、休みをもらって家で二日間寝っぱなしした後、やっと熱が下がり、カップリングのレコーディングに突入し、ただいまミックスダウンの作業中だ。

　非常に楽しい。

　新曲のタイトルは「夢の外へ」。資生堂の日焼け止めANESSAのCMソングとして流れている曲だ。今回、普段お見せしない一曲ができるまでのプロセスを紹介させていただこうと思う。

　まず、家で曲づくりをする。たまに、家ではない場所で作業する時もある。舞台の稽古場やら、ドラマの現場等、楽器が置いてある場所だったら何処でもできる。家でする場合は、

机の上にノートを置き、その横にテレコ（簡易録音機）を置いてギターを鳴らして歌いながら作っていく。外で作曲する場合も、テレコは常に持ち歩いているので、それに録音して記録する。

昔から勉強が嫌いなので、専門学校で教わるような音楽理論はまったくわからない。だから今でも音譜が読めないし書けない。メロディを書き記す術がないので、とにかく歌って憶え、良いメロディができたらそれをテレコに録音し、歌詞を思いつけばノートに書く。運がいい時は5分で一曲できることもあるし、長い時はこの作業の積み重ねで数カ月かかる場合もある。たとえば今回の「夢の外へ」はCMソングなので、放送が開始する何カ月も前に詞とメロディを提出せねばならず、最終的には作曲開始からレコーディング開始までに半年もかかった。

曲作りを終えた後は、ミュージシャンと合わせる。セルフプロデュースなので、バンドメンバーやレコーディングエンジニア、作りたい音に合いそうなスタジオも自分で決める（もちろん、スタジオ予約やメンバーへのオファー、スケジュールの調整はスタッフにやっていただく）。

楽曲のアレンジは、それを譜面に起こすことができないので、曲のコード譜を持ってスタジオに入り、プレイヤー（演奏者）たちに音を出してもらいながら、その場でアレンジしていく。ギターを弾いて、「ここはこういうフレーズで」と指示したり、ドラマーの目の前で

自分で叩いてみせ、パターンを指定したり、「ここでキメを入れたいのでギターだけ残してブレイクしてください」等と口頭で指示していく。

こで、音楽用語以外の言葉を使って、細かく指定しすぎれば一気に音は固くなってしまう。そこで口立てでアレンジしていても、想像力で演奏してもらうと、演奏が豊かになる。

「そこのドラム、日本シリーズで二連勝した時の原監督の気持ちで」

「ここのベースは、嵐だったら相葉くんで」等。

こちらとしては欲しい音像と表現した言葉のセレクトはドンピシャで一致するのだが、言われた方からしたらまったく意味不明なリクエストである。しかし、プレイヤー自身の脳内で想像し、さらに音に変換して演奏するから、音に自主性と生命力が宿る。そうなればどうやっても機械的な演奏にはならないし、しかも楽曲に自我が入り込むわけだから、プレイヤーとして充実感も高くなり、楽しそうに演奏してくれる。

シンガーソングライターと呼ばれる人で、自らプロデュースや編曲も兼ねる人は、少なくなってきている。大抵は別のプロデューサーがいて、詞とメロディができたらプロデューサーの手に渡り、そこからアレンジャーの手に渡り（もしくはプロデューサーがアレンジも兼任し）その人によって打ち込みのデモが作られる。そこには各パートの演奏もほぼ決まった状態でプログラミングされていて、金のかかるリハーサルもなく、レコーディング当日にプレイヤーたちがデモや楽譜を元に演奏する。このパターンが圧倒的に多い。これに

は、予算がかなり抑えられるという利点と、打ち込みによるデモが存在する故に完成形が見えやすく、レーベル側がそれを持ってタイアップなどの営業に〝曲が完成する前から〟行ける等、ビジネス面での利点もある。

いまだにそれをすることができない。インディーズのバンド出身で同じような音像を志す仲間もおらず、そういった効率的なやり方も知らないまま、自分で模索するしかなく、そこで見つけた古くさく面倒なやり方に慣れてしまった。

自分のような荒い作り方であっても、音楽という要素の大部分を担っているのは編曲だと思う。同じメロディでも、コードを変えたり、アレンジの施しようによってまったく別の曲になり得る。だからシンガーソングライターと名乗りつつ別のアレンジャーが音を仕切っている作品を聴くと、シンガーソングライターという言葉の持つ「己感」と出てくる音の「己感のなさ」にズレを感じ、違和感を覚えてしまう。だから何か理由がない限り、アレンジャーは立てないだろうと思う。

それに、演奏してもらうミュージシャンに関しても、レコーディング当日だけの演奏より、何度かリハーサルを重ね、プレイヤーの身体にその曲を染み込ませた方が聴こえ方はずいぶん違ってくる。その日限りの演奏だと音は固くなり、逆に染み込んでいる演奏だと柔らかく、生き物のように楽曲内で主張しだす。もちろん一日限りで体温のある演奏ができてしまう一流プレイヤーもいるけれど、そんな人は本当に少なく、値段が高い。

数回のリハーサルを終え、「夢の外へ」のレコーディング当日。まず今回はアコースティックギター、エレキベース、ドラムス、ペダルスティールギターを同時に一発録音。楽器一個一個を別々に録れば丁寧に録音できるが、同時に演奏する雑さも記録したいので全員一緒に録音する。その時自分はアコースティックギターを弾いているので、まだ歌はなし。3、4回演奏して納得いくテイクを採用し、その後に仮の歌を入れる。

これで初日のレコーディングは終わり。家に帰ってもつい曲のことを考えてしまう。考えすぎると客観的になれず、制作中の音が正確に聴けなくなってしまうので、AVを観て心を無にしたり、エロサイトを観て流行の性知識を学んだり、スポーツニュースの女性アナウンサーの脚を見て「ここ三日間で抱かれたか否かを予想」したりして、脳を一回レコーディングモードから切り離す。客観的になるためのこの作業はとても重要です。

後日、歌をレコーディングし、コーラスを重ね、ストリングスを生演奏で重ねて録音はすべて終了。今まさにミックスダウンの作業中でスタジオ控え室で待機中である。ミックスというのは、今まで録った音を混ぜ合わせる作業。これ次第でこの曲が良い曲になるか、悪い曲になるかが決まってくる。最後まで気が抜けない。ドキドキでエンジニアさんの作業を待っているわけです。

この後音を確認し、OKを出せば曲は完成し、もう変更はできない。もちろん録音をやり直すには莫大な費用がかかる。スタッフからの「これ以上手を加えてくれるな」という無

言のアピールも重々承知だ。それでも気に入らなければ、もう一度やり直しせねばならない。スタッフから嫌われたとしても、妥協すれば一生後悔する。
でもこの曲、自分の人生を変える作品になるだろうという妙な感覚がある。根拠はない。でもなんだかそう思う。出産を待つ夫のような気持ちで、君の誕生を待つ。

パンケーキ

今、品川の駅ビル・アトレの4階にあるイタ飯屋でこれを書いている。

昨夜、大阪なんばHatchでのワンマンライブを終え、満員御礼内容的にも大成功といういう、とてもやりきった想いで派手に打ち上げをして、心地よい疲れの中、昼過ぎに東京に帰って来た。

新幹線の窓から覗いた品川の街は、晴れの部分と、その先に見えるどす黒い雨雲のコントラストが面白かった。どうやら竜巻注意報が出ているらしいその悪天候は、遠目に見て笑えるくらい狭い範囲でビル群を包んでいた。黒雲の下には雨のカーテンが見えた。
そのままタクシーで家に帰りたかったけど、あまりに大雨なので道も混むだろうと思い、今、品川の駅ビル・アトレの4階にあるイタ飯屋でこれを書いている。

左隣のテーブルでチーズケーキを食べていた、80歳は過ぎているであろう白髪の男性が伝票を落とした。拾って手渡すと「どうもすいません」と笑ってレジの方へ歩いていった。タイトな黒スーツに黒のハットがカッコよく、とても紳士的な出で立ちだった。
たとえばあの老人がレコード会社の会長で、ふと再会して「あの時の……？」と打ち解け合い、トントン拍子で大きな仕事が舞い込んだりするという課長島耕作みたいな展開を

妄想しつつ、スパゲティを食べる。

外の雨はどうだと窓を見ると、異常に雲の動きが速い。飛行機と同じくらいではないか。まだまだ黒い雲は空を覆っているが、いつの間にか傘をさしている人はもういなかった。

右隣で20代半ばの女性たち三人がパンケーキを食べている。全員可愛らしく、髪の毛は茶色で少し派手な服を着ている。パンケーキ三枚重ねの上にアイスクリームやらフルーツやらが載っていて、皿の上はものすごいボリュームだ。嵐のファンクラブ（実際にあるのかはわからないが）についてなにか討論をしながら軽々と食べていく様子を横目で見て、猛烈にパンケーキが食べたくなった。

酒が飲めないせいか、甘いものが昔から大好きだ。中学生の頃、お祖父ちゃんが営む八百屋の店じまいを手伝って500円をもらい、それで今川焼を買って食べながら帰るのが日課だった。今でも、仕事帰りにふと思い立ってクレープを買う時などに幸せを感じる。

小学生の筆箱みたいな芋ようかんを、旨い旨いと一晩かけて全部食べたり、フルーツショートケーキをワンホールで買ってそのままフォークで贅沢食いするのも好きだ。だいたい翌日腹を壊すけれど、特に長距離移動の仕事がなければやってしまう。

軽い自傷行為のような気もしている。食べまくって腹を壊したり、極度に辛いカレーを好んで食べるのも、もちろん味が好きなのもあるけれど、なにかそれで自分の体を傷つけスト レスを発散したり、暴力衝動や破壊願望を鎮めるというセルフ療法なのではないかと思

ったりする。

パンケーキを頼む前に一度トイレに行こうと思い、席を立つ。店の外にトイレがあるので、財布が盗まれたり、パソコンが盗まれて大量のエロ動画のフォルダを見られたりしないように鞄を持って店の外へ出る。「食い逃げじゃないですよ、トイレに行くだけですよ」という気持ちを込めて「トイレ行っていいですか？」と店員さんに声をかけた。さらに保険をかけて、お土産に買って来た伊勢名物の赤福を椅子の上に「すぐ帰ってきますよ」と言わんばかりに置いた。

用を済ませて席に戻り、「チョコレート＆バナナパンケーキのストロベリーアイスクリームのせ」を注文した。トッピングアイスはバニラも選べたが、「ストロベリーがおすすめです」と書いてあったので素直に従った。

しばらくしてテーブルに置かれたものはやはりでかかった。パンケーキ三枚の上に切ったバナナと生クリーム、ストロベリーアイスが大量に載っかっていて、チョコソースが味を引き締めている。バニラにしなくて正解だった。バニラにしたら生クリームと相まって甘ったるくなりすぎてしまう。酸味のある苺の風味が絶妙である。

それにしても量が多い。これは確実に下すなと思い、気合いを入れ直すために椅子の背もたれを使ってぐぐっと背筋を伸ばそうと体をひねると、奥の席で、先ほど伝票を落とした老人が綺麗なお婆さんと一緒にお茶を飲んでいた。

出かけていた奥さんを迎えに一度改札口に行ったのか。はたまた婚姻関係ではない、秘密の逢い引きか。二人は静かに、だが楽しそうにお喋りしていた。そして、その向こうの大きな窓ガラスには、雲一つない、真っ青な晴天が広がっていた。

外は完全に晴れてしまった。まるで真夏だ。街を行く人たちが気持ち良さそうに歩いている。それを見ながら、パンケーキをどんどん腹の中に入れていく。

時間は進む。一年前、交通事故で幼い息子を亡くした友人がいる。

その友人に来月、子供が生まれる。時間は進む。

時間は進んでいるし、止まない雨はない。使い古された当たり前の言葉だけれど、その通りだと、心の底から感じて席を立つ。

夏休み

夏ですね。

きっとこれを読んでいるお洒落な女たちは、オープンテラスのおレストランでおペリエを飲んだり、花火大会観に行っておビール飲んだり、海外旅行でおワイン飲んだり、シティホテルで夜景見ながらおシャンパン飲んで、男と一夜限りのおSEXをするのでしょうね。

Foooooooooooooooo!

羨ましい。今年の夏こそは海に行こうと思ってはや10年。結局仕事でどこにも行けず、夏休みなんてあるわけもなく、今年も何もしないことはわかっている。そう愚痴ると「夏フェス出てるじゃん。地方のフェスとか楽しいじゃん、タダでいろんなの観れるし」と言われることもあるが、俺は同行しているバンドメンバーやスタッフのように別のバンドを観に行ってビール飲みながら踊ったり、日本ではあまり観られない外国人ミュージシャンのステージを観ることはほとんどなく、いつも出番が終わったらすぐに家に帰る。自分の出番だけで十分だ。フェス会場とはいえ、仕事場であるという気持ちが抜けないし、遊びとして楽しむ気持ちになれない。

なぜなら、天気のよい野外ステージの上で演奏し、山や海をバックに一万人の観客の前

で歌う方が、よっぽど気持ちいいからだ。観るより演る方が圧倒的に楽しい。フェスというものに存在するであろう「楽しさ」の中で、これ以上のことなんてあるのか。いや、ないと思う。どうだ、羨ましかろう。

あと考えてみるに、単純に冬は寒いので野外ライブができないし、その分夏は野外フェス、ライブサーキット（一つの街にあるたくさんのライブハウスを全部使ってのライブイベント）など単純にステージにあがるチャンスが多い季節。音楽家にとって、夏は年末年始と一緒で書き入れ時である。年越しの瞬間に家にいるようじゃミュージシャンじゃないなんて言葉もあるけど、それでいうなら、夏休みだって家にいたり、海にいたりしない方がいいだろう。

という理由で、個人的に夏休みを否定したい。

子供の頃は勉強より遊びが本業だったわけだ。だから夏休みが大事なものだったと考えよう。そして社会人になっても、仕事の種類によっては子供にとっての「やりたくない勉強」のようなキツい仕事もある。いや、そんな仕事がほとんどだ。その方々には夏休みは引き続き大事なものなわけだから、茨の道とはいえ「好きなこと」を仕事にすることができた私のような浮浪雲は夏休みなんて希望しちゃいかんのだと思う。だから全然夏休みなんて欲しくなんてないんだからね（ツン）！

しかし本音を言えば、自分の人生から夏休みというものがなくなってからずいぶん経ち、正直寂しい（デレ）。とはいえ遊び方はわからないし、一緒に遊ぶ友達もいないのだから、きっと夏休みがあってもさらに寂しくなるだけだろう。どっちにしろ寂しいのだ。

寂しさってどうやったらなくなるのだろう。寂しさをなくすにはどうしたらいい。昔からどうにかしたいが、いっこうに解決しない。どんなに満たされた状態でも、ふとした瞬間に寂しさはやってくる。

単純に誰かと一緒にいたらなくなるという寂しさではなく、海の底に一人でいるような、後ろからひたひたと自分の影の中から背中を通って体を包むような、そんな寂しさ。今年はこれからの自分にとって、とても大事な仕事をたくさんしている。身も心も充実している。なのにと言うべきか、だからと言うべきか、プレッシャーと恐怖がない交ぜになった巨大な寂しさに包まれて、いつも目の前が真っ暗になる。絶望する。目の前は崖でしかないと思えてならない。絶望した時はどうしたらいい？どうにもできない。でもやるしかない。やるしかない。そう思いながら毎日仕事に出かける。

たぶん死ぬまでこの寂しさはなくならないだろう。寂しさというものはきっとその人の性格であり、生まれ持ったチャームポイントだ。

絶望はたまに逢う親友である。そして不安は表現をする者としての自分の親であり、日々の栄養でもある。不安はご飯だ。

97　夏休み

たかが夏休みがないという理由だけで、こんな思い詰めたことを深夜のデニーズでミニチョコサンデーを食べながらつらつらと書いている。

広い店内に客は5人ほど。著しく平和であり、寂しくて、心は落ち着いていて、かつ無闇に苦しく、それが楽しい。あれ、俺は狂っているのかもしれない。気が狂いそうでも、これが俺の普通である。

だから、夏休みはいらない。あるのは働く夏だけで十分である。

さあ、明日も働こう。あと二時間後には出勤の朝だぜ。

ミュージックステーション

『ミュージックステーション』に出演した。

二週間前に出演が決定してからというもの、毎日毎秒叫びだしたい衝動をグッと堪えながらの生活。よく観ている番組。そこに自分が出ることが確定した瞬間、顔面にカーテンかぶせられたみたいにふわっと包まれた、あの超巨大で静かな緊張感。身動きが取れない感じ。あれは今までのどの大舞台でも感じたことのない特別なものだった。

1986年から続く長寿番組であり、金曜8時というゴールデンタイムの生放送にタモリさんを司会に迎え、シンプルに楽曲を聴かせるための番組づくりを持続し続けている。今ある音楽番組のほとんどとは生ではなく収録形式で、バラエティ感のある方向にシフトしたり、歌手同士のコラボレーションやアイドル中心の作りが多い。充実しているけれど、音楽そのものにフォーカスした、歌や楽曲そのままの魅力を伝える番組は減ってきている。

CDの売り上げは下がり、歌の力だけでは視聴率が取れないと囁かれる今、この批判を受けやすい世の中で、深夜番組ではなくゴールデンの時間帯に放送事故やハプニングの起きる可能性が高い生放送を続けること。流行のアイドルに偏ることもなく、若手もバンドも大御所もまんべんなく扱う、その静かな「攻め」の姿勢が好きだ。

ポピュラーすぎてそう受け取る人は少ないだろうけど、俺はそういった「普通に見えるけど実は攻めている」ものが、番組に限らず、音楽でも、芝居でも、人間でも、好きだ。タモリさんだってそう。普通なのにアナーキーな存在、誰もがマジョリティと思っているマイノリティであり、ポピュラーの象徴なのに濃密にオルタナティブであり続ける存在。そんなタモリさんが大好きだし、いつかそういうものになりたいと憧れてしまう。

本番当日。スタジオ内で「夢の外へ」の歌リハ直前に緊張で吐きそうになりながら座っていると、進行の竹内由恵アナが声をかけてくれた。

「この曲、すごく好きです」

そうですか……好きですか。

「本当ですか？　ありがとうございます」

という真摯な返事の裏でそんな妄想をしていると、出演者のトータス松本さん、立て続けにコブクロの黒田俊介さんも優しい声をかけてくれた。いろんな人が俺の緊張を察し、話してくれる。嬉しくてありがたくて、いつの間にか肩の力が抜けていた。仕方ない。では今すぐにお付き合いしましょう。

歌リハ開始。生放送でたくさんのカメラの位置を切り替えるので、目の前では十何台ものカメラとカメラマン、それを誘導するアシスタントたちがとんでもないスピードで動きまくる。クレーンカメラがニョキニョキと動き、その下をアシスタントがケーブルを持ってライディングして車輪付きカメラを誘導。その横では手持ちカメラマンがジャンプしてケ

ーブルの束をよけつつアップの表情を撮りだしたり、ものすごい状態。歌いながら、「ああ、この面白い景色をみんなに見せたい」と恍惚状態になった。スタジオの中にプロフェッショナルがうごめいていると思った。しかも、一人のアシスタントの男子がケーブルをさばきながら、カメラ横のモニターを見つつ、走りつつ、「夢の外へ」を一緒に歌ってくれていた。泣きそうになった。なんて素敵な現場なんだここは。

夜8時になり、本番が始まるとあっという間に時間が過ぎていった。自分の出ている番組が今まさに日本全国に放送されている緊張感と愉快さ。歌と歌の間にあるトークコーナーの裏や、ランキングなどのVTRが流れる裏では歌ステージのセットチェンジが猛スピードで行われる。戦場のように激しく、スタッフの一体感がとにかくすごい。その迫力に押され、出演者も、客席の人たちも、何か一つのものを一緒に作っている感でスタジオの中が包まれていた。その雰囲気は放送される画面からは出てこないのが非常に残念である。

リハーサルでは紹介VTRはいっさい流れないため、初めて観る自分の紹介VTRの作り込みに驚いていると、出番が始まった。

トークコーナーの中で歌を歌うようになったきっかけとして、7年ほど前、ライブでハナ肇とクレイジーキャッツの「スーダラ節」をバラードでカバーしたら、聴いていたお客さんが泣き出し、自分の声でも何か人に伝えられるんじゃないかと思った、というエピソー

ミュージックステーション

ドを話している時、竹内アナの「スーダラ節ってどんな曲でしたっけ？」というすばらしいフリに、「♪スイスイ〜」と歌うと、タモリさんも「♪スラスラスイスイ〜」と歌いだしてくれて、少しだけデュエットできた。

平静を装っていたけど本当は嬉しくて小便漏れそうだった。クレイジーキャッツは戦後米軍基地を転々としたジャズバンドだった。そこからジャズバンド兼コメディアンというグループの流行ができ、ドリフターズなど後に続くグループがたくさん発生した。そしてタモリさんはコメディアンとしてピンの活動を始めたが、もともとジャズミュージシャン志望だったその音楽的趣向の高さから音楽番組の司会をすることが多く、クレイジーキャッツとの共演や親和性も高かった。2012年にゴールデンタイムの生放送でタモリさんとスーダラ節を歌うことがどんなにあり得なくてすごいことか。川勝さんに見せたかった。

「夢の外へ」を歌う直前。コブクロのお二人が励ましてくれ、トータスさんは「源一！」と声援を送ってくれた。何から何までありがたいことばかりだった。

本番後、ご挨拶にタモリさんの楽屋を訪れると「どうもどうも。お疲れさまでした」と丁寧に腰からしっかりと体を曲げてしてくれた、「日本で最もポピュラーなアナーキスト」の深いお辞儀が、今も目に焼き付いている。

ミュージックステーション

頑張れ

やってしまった。レコーディング当日（今日）までに、新曲の詞が完成しないという情けない事態だ。何度書いても納得いかず、直しては止まり、また一から書きはじめる。その繰り返しで二週間が過ぎた。

レコーディング開始の直前までチャレンジしていたのでスタジオをキャンセルすることができず、無理矢理ブースに入って「書くので待っててください」とスタッフに伝え、ウンウン唸って気が付けば5時間。深夜24時を回り、結局仮の歌詞でレコーディングをして今に至る。スタッフが外で待っている中で、何も進まない5時間っていうのはあれです、まさに地獄です。30分経つごとに約一万円＋人件費がチャリーンと音を立てて消えていく。スタッフの顔もどんどん曇っていくが、でもプレッシャーをかけまいと優しく接するその親切さに胸が痛くて、ふと気付くとやっぱりお金のこととか考えて、いかんいかんと首を振って作詞に集中しようと踏ん張る。

しかしそんな時に限って次の日が朝まで仕事だったり、原稿の締め切りとか部屋の掃除しなきゃとか、やらなければいけないことが多すぎて、雑念が湧きまくる。だから気を散らそうと突発的に「あー！」とか絶叫するんだけど、喉に良くないので後悔したり、我慢して

余計にストレスが溜まってしまい、結局気も散ってしまう。

曲のタイトルは「知らない」。とりあえず仮ではあるが、詞をカラッカラの雑巾から水滴を絞り出すが如くひねり出せたので、燃え尽きたような気持ちでこれを書いている。またいつものデニーズ。朝5時、窓の外はまだ暗い。時間帯にしては客10人と繁盛していて、店内では槇原敬之さんの「どんなときも。」が、ジャズ・インストバージョンで流れている。

いいなあ、名曲の原曲がある上に歌なしで。しかもジャズ風アレンジ。しかしですね、ジャズをなめてもらっちゃ困ります。ピアノトリオでモダンっぽくしていますがね、普通の人は全然違和感なく聞いてしまうだろうけど俺は騙されませんよ。幼少期から親父にモダンジャズのレコード聴かされまくった俺は欺けない。そもそもモダンジャズ風アレンジで電子ピアノを使うなんて論外です。あ、今度はユーミン先輩の「守ってあげたい」が流れはじめた。名曲ばかりじゃないですか。またしっとりとしたアレンジで。お、ピアノソロちょっといい感じじゃないですか。

くっそー。

しかし最近、本屋や雑貨店等でも、こういったJ-POPをジャズやボサノヴァアレンジで演奏したCDがよくかかっている。しかもBGMとしてかかるだけではなく、実際ソフトとして売れているそうだ。時にはオリジナルより売れてしまうこともあるだろう。とても悔しいが、とはいえ、その演奏者や歌い手が悪いわけではない。演奏者、歌い手の

頑張れ

105

ほとんどは、いつだって真面目だ。そういった音楽が好きで、真っすぐな気持ちで取り組んでいる人もいるし、好きじゃなくとも、生活のためにやることだって当たり前のことだろう。そして、レコード会社やレーベルが金が生まれる方向に商品が傾くのも当たり前のことだ。需要が生まれるから、そういった商品が増える。レストランや書店等、店舗での需要、そして個人で楽しむという需要。しかし、J-POPをそのまま流すのではいかんのだろうか。ポップスはうるさい、この場所にはそぐわない、とでも言うのだろうか。だったら本気のジャズを流してもらいたいとも思うのだが。

「そうはいっても庶民の皆さんはJ-POPが好きでしょう。だからこんなオシャレな雰囲気にして、オシャレなカップルも、J-POP好きの庶民の皆さんもどちらも満足させてあげてます」

店内でかかるオシャレカバーBGMからは、こういった上から目線の傲慢なメッセージを感じてしまう。「J-POPもこうすれば聴けるでしょう?」とでも言いたげだ。

俺は日本人として、昭和の歌謡曲に始まり、70年代後半にニューミュージックが生まれ燦然と輝き、それらの音楽を元に、80年代から90年代にかけて数々の音楽家が作り上げた、他の国のどれにも似ていないJ-POPという我が国のポップスにとても誇りを持っているので、そういった上から目線の態度はあまり好きではない。

J-POPは面白い。他の国の音楽をただ真似するのではなく、吸収し、しっかりとこの

国にしかない音に変化させているから偉いのだ。しかしもちろん、中には外国曲のハリボテのようなつまらない音楽もある。

最近は若いアーティスト（この言い方は苦手だが）と呼ばれる人たちもカバーアルバムをよく出す。何故だ。楽だからか、それとも楽しいからか。アルバム内に数曲カバーがあります、って言うのなら気晴らしにもいいだろうと思えるし、歌が趣味の大御所俳優が出すカバーアルバムや、自身で作詞や作曲を行わない歌手の方ならわかるが、オリジナルを作り出してなんぼのシンガーソングライターやバンドが、産みの苦しみのないカバーだけの作品を出すなんて、果たしてやる意味はあるのか。やはりそれも需要があるからなんだろうか。

最近よく、そこそこ若い音楽家が「新しい音楽というものはない。すべては過去の引用で成り立っている」と発言をしながら、自分がやってることは過去のいいとこ取りばかりな人がいるが、そういう台詞は、服部良一さんや細野晴臣さんなど世界中の音楽を吸収し尽くした巨匠が言って初めて説得力を持つのであって、若造が言っても信憑性はなく、楽をしている自分への言い訳と感じる。

そりゃもう音楽なんていいメロディやアイデア、ジャンルは出尽くしているかもしれない。自分の音楽だって気付いていないだけで誰かの曲に似てしまっていることだってあるだろう。だけど、それでも新しい音楽を求めるのが男のロマンじゃないのか。

ウイー。おかわり自由のコーラ6杯飲んで酔っぱらっちまったぜ。今日はいろいろあっ

107　頑張れ

たし絡み酒だ。付き合ってくれよねーちゃん。ここではよくこういう感じになるけど気にしねえぜ。リアルじゃお酒飲めないぶん、文字の中じゃあべろべろになるぜ。窓の外が明るくなって来た。もうすぐ6時だ。明日も映画の撮影だ。仕事の山を乗り越えろ。頑張れ。頑張れ。

20年ほど前に松尾スズキさんが「頑張れ」という言葉を流行らせ、それに同調した人たちが「頑張れ」という言葉を批判しはじめた。以後、「無闇に頑張れと言うのは恥ずかしい」という論調が世間にも浸透した。故に「頑張れ」という言葉は悪い印象が強かったけど、最近はどんどん「頑張れ」と励ますことの大事さが復活して来ている気がする。少しズルいと思うのは、当の本人である松尾さんは、側で見ている限り、実は頑張るタイプの人間だということだ。頑張ることの大事さを知っていながら「頑張らない」と主張したことで、「頑張らない」という言葉を盾に堕落をひけらかす人が増えてしまったように思う。それは少しばかり残念だ。

負けるな。頑張れ俺。限界を超えろ。必ずいい詞が書ける。この原稿が載る頃には、名曲ができてるはず。頑張れ。頑張れ！

『箱入り息子の恋』と『地獄でなぜ悪い』

映画出演が続いている。嬉しい。

初主演映画である市井昌秀監督作品『箱入り息子の恋』が無事にクランクアップしてホッとしたのも束の間、現在は園子温監督の『地獄でなぜ悪い』の撮影真っただ中。『愛のむきだし』『冷たい熱帯魚』を生みだした鬼才の下で、今までのどの現場の形とも違う刺激的な時間が、恐ろしい速さで過ぎていく。

速いと言っても撮影期間が短いわけではなく、いろいろと他の仕事の宿題やら先々の企画やらを同時に進めているため、ゆっくり味わう時間がないだけだ。毎日がなんていうか、ドラクエで言うと大ボス級のモンスターが次々と襲ってくるダンジョンで、休みなく戦っている気分。覚醒しているのか集中力はいつもより働き、感受性はより豊かになっている気がする。せわしないけれど、自転車が速く漕ぐほどに安定するのと同じように、精神的にも安定している。こんな怒濤の日々のほうが、時間をかけてなにか一つのものにじっくり打ち込んでいる時より、大切な時間を使える場合もある。

音楽だって、最高級のスタジオで時間をかけてレコーディングするより、狭い場所で短い時間で録ったリハーサル音源のほうが名演だった、なんてことはよくあることだし、仕事

を掛け持ちしている状況で作った曲のほうが評判が良かったりする。

昔から何度も「やること一つに絞りなよ」と助言をもらい続けて来たけれど、いろいろやりたいのだからしょうがないとここまできた。絞らなくて本当によかった。継続は力なり。人の助言を無視することもまた、ある意味力なり。今まで親切な言葉をくれた皆さん、好意をむげにして申しわけない。迷ったりもしたけれど、私は元気です（キキ）。

『箱入り息子の恋』のストーリーは、自分演ずる主人公の健太郎（35歳・童貞）が、両親が勝手に行った代理お見合い（本人ではなく親同士だけで行われるお見合い）をきっかけに奈穂子（夏帆）と出会って爆発的に変わって行くというものです（そういえば昔、松尾スズキさんに付けられたあだ名は「童貞」でした）。

そして『地獄でなぜ悪い』はというと、ヤクザの親分である主人公（國村隼）と、その娘（二階堂ふみ）との喧嘩に巻き込まれて大変な目に遭うのが、通りすがりの童貞、つまり俺なのである。

なんでかな。俺、童貞じゃないんだけどな。

この童貞あてがわれ力。今まで出演した大人計画の舞台での役も8割方童貞である。もはやこうなってくると設定に童貞と書かれていない役までもが、実は童貞だったんじゃないかと思えてくる。恐ろしい。

俺、童貞じゃないからね！

こうやって強調すると本当に童貞みたいだ。いや、いい。童貞に見えるから童貞役がくるのだ。それは喜ばしいことなのだ。

ああ、童貞童貞書きすぎてゲシュタルト崩壊してきた。童貞。しかしこうしてよく観てみると可愛い言葉だな。童の貞である。貞とは節操を固く守ることと辞書に書いてある。要するに「一本気な子供」ということか。いい言葉じゃないか。そんな大人に私はなりたい。セックスはしたいけど。

ともかく、そんな二人の童貞を演じたことによって、これからの人生が変わって行く確信に満ちている。もしかしたらこの二本の映画を経験する前と後では、芝居の仕方も、仕事へのスタンスも、もっと言えば音楽の作り方でさえも、変わってくるんじゃないかと思う。人間そう上手く変わることなどできない、と思っていたけれど、そんなこともないのかもしれない。『テキサス』で要求され、追求したけどわからなかったことが、この二本の映画で摑むことができた気がする。

何がそんなに変わったのか。まだ言葉にするのは難しい。大雑把に言うと、演ずることの楽しさ、醍醐味がわかった気がしたということか。だから今後、抜群に演技がうまくなるとか演技の方向が変わっていくとかそういうわけではないだろう。もっと精神的な、内面の部分で、今まで漠然としていた「人はなぜ演技するのか、なぜ役者という職業があるのか」という疑問に対して、腑に落ちる感覚が見つかったからだ。この感覚がわかるとわかな

いのでは、今後の活動の仕方はまったく違うはずだ。これからが楽しみである。

そういえば、『地獄でなぜ悪い』の撮影中、たまたま撮影所にこのエッセイにイラストを描いてくださっている花沢健吾さんが見学に来ていた。仕事を頑張ってると、こうやって会いたい人に会えたりもするんですね。嬉しかったです、花沢さん。

113　『箱入り息子の恋』と『地獄でなぜ悪い』

『聖☆おにいさん』

平成24年。

年末だ。いろいろあったな2012年。いや、いつもいろいろあるけど密度が濃かったな全国ツアーもやり、シングルを三枚出し、初主演の舞台と映画をやらせてもらって、急にちんこに激痛が走って性病かと不安でいっぱいになりながら病院に行ったら「オナニーのしすぎです」と医者に怒られて赤面しながら帰り、そこからオナニー禁止という苦行を味わったりした。来年もどうか、今よりさらに濃く楽しい一年になりますように（ちんこは痛くならないでください）。

まだここに書いていない個人的ニュースといえば、アニメーション映画『聖☆おにいさん』への声の出演だ。ブッダとイエス・キリストが天界から現代日本の立川の住宅街に休暇で（しかも風呂なしアパートでお金を切り詰めながら生活に）訪れたら。そんなすごい設定のギャグ漫画がアニメになる。そして俺はブッダ役をやらせてもらうことに。もう一人のイエス役は森山未來くんだ。

憧れていたアニメ作品への声の出演。本当に本当に嬉しい。俺の大好きなアニメ作品で演出を担当されていた高雄統子（のりこ）さんの監督デビュー作。アフレコ収録していてとても楽し

い。とはいえ役作りに必死で、喜んでる場合ではないのも事実。ブッダ役なんて滅多にこないですよ。原作を改めて読み直し、参考文献を調べ、手塚治虫の『ブッダ』の大ファンという設定）、どんな性格の人だったのか想いを巡らせる。

『聖☆おにいさん』の作中ではブッダは手塚版『ブッダ』の大ファンという設定を読みふけり、「老いが怖い」「死んだらどうなる」そんな気持ちから悟りへの旅を始めたブッダ。調べれば調べるほど普通の人間に感じる。超能力も使えないし、人の上に立って国を治めたわけでもない。自分が勉強不足なばかりに、これまで俗に神様と呼ばれるようなファンタジーな存在だと思っていたけど、二千数百年前から現代の人間が抱える悩みと同じことで悩んで、考えて、答えを見つけて、様々な場所で「この問題はこう考えるといいんじゃないかな」と人に教えて回り、その考えが今でも人々に影響を与えているリアルな存在だ。なんというか、大仏とかお経とか特徴ありすぎて飲み込みづらかったものが、ちゃんと調べたら近所に住んでる先輩が言ってるダメ出しくらいに身近に感じた。

ブッダは対話で伝えることを主にして文字にして残すことをせず、今伝わっている言葉はほぼ伝承なんだそうだ。だからお経や教えの種類も書き残した人の分だけ種類があるし、その人のアレンジが入っている。だから本当のブッダの人となりは推測するしかない。

しかし、そんな自分なりに出来上がったブッダの性格や感情を声だけで表現することの難しさたるや。こんな素人にはまったく無理です。声優という職業のすごさを実感しなが

その昔、テレビで放映される洋画を舞台俳優が中心になって吹き替えをしたのが、声優という職業の始まりだそうだ。だから元は声優も俳優も同じだったんだろうけど、今となってはやっぱり違う気がする。

声優さんってなんであんなに感情のこもった声が出せるのか。たとえば、画面に動かないマッチ棒一本が映っていて、そこで「眠いなあ」と一言声を当てるだけで、無機質なマッチ棒の性格や年齢や外側から見える感情、外からは見えない内面の気持ちを同時に表現できるわけだ。きっと俺がやっても「このマッチ眠そう」ってことしか伝えられないだろう。声の中の情報量がものすごく多いんだろうな。普通の役者と声優とじゃDVDとブルーレイくらいに差があるはずだ。

だから、ブッダ役決定のプレスリリースで「星野源が声優として熱演！」と書いてもらっていたりすると、「めっそうもない」と叫びたくなってしまう。俳優という職業を知り、アニメが好きだからこそ、気軽に「声優」なんて名乗れないのだ。

ともかく、観た人に面白がってもらえるように頑張ります。来年もよろしく。

ら、日々マイクと格闘中である。

『聖☆おにいさん』

AV女優

年が明けました。おめでとう。俺は相変わらず深夜のデニーズにいるよ。

いろいろ新しい店を開拓しなければいけないと思いつつ、住んでいる場所柄、夜中入ろうとすると照明が暗めのバー的な（昼はレストラン。昼なら入れる）店ばかりで、一人で飯＆原稿書きに入るには度胸が足りない。眼鏡と風邪予防マスクと黒ダウンジャケットで店前をウロウロしてると怪しまれるので、気が付けばいつもポピュラー・レストランの最高峰、デニーズのドアを全力の笑顔で開けてしまう。

せっかく新年になったことだし、いま一度このエッセイのことを考えてみたいと思う。そういえば連載開始時のプロモーションのために書いた、内容紹介の文章はこれだった。

「仕事や生活など周りで起きたことに対して、真夜中のテンションで哲学する連載」

そうだったっけ。全然憶えていない。よし、じゃあ哲学しよう（山田邦子）。今、哲学したい事柄といえば、やっぱりエロいもののことですよね。

「星野さん、またエロですか？」

編集者Tの突っ込みが聞こえる。幻聴か。疲れすぎると、そういうことがよくある。

♪　疲れあるある言いたい

♪　心の声に返事しがち

「ちょうど一年前の原稿もエロでしたよ」

いや、違うんですTさん。まだ正面切ってあの問題について書いてないなって思って。

「あの問題ってなんですか。星野さん、そろそろ下ネタに頼らないで真面目にウッ……」

フー。心の中のTさんに優しく手刀をお見舞いし、肩で担いで心の羽毛布団でしばらく寝ていただきました。Good Night.

さて。この世にはエロを表現する仕事がたくさんある。映像、写真、漫画、ゲーム。漫画やゲームには制作者たちのエロに対する誠実さが色濃く滲み出る場合が多く、より新しい表現、それまで感じたことのないエロスへの飽くなき追求と情熱を感じる。写真やAVには「エロの元祖」こと生身の女性のすばらしさが爆発し、「やはり生身の女は強力」と思い知らされる。どちらも本当に大好きです。

そしてそのどれにも知恵や工夫、クリエイティビティを感じ、映画を観たり音楽を聴いてこちらが刺激を受けて作品が生まれるのと同じように、アダルト作品を観て創作意欲が湧くこともたくさんある。

もちろん誠実さを感じない手を抜いた酷いものもあるが、それはドラマや映画にだって

あるし、小説や音楽も同じ。アダルト作品だからって誠実さがないなんてことはない。そんなことを日々ぐるぐると考えていた先日、知り合いの男Aが言ったこと。AV女優を指して言った言葉だ。

「結局さ、借金とかで金が欲しいんだろ？ もしくはセックスが好きなだけのヤリマンか。どっちにしろ社会的には最低の人間だよ。一回でもAVに出た女は、一生人並みの幸せは味わわせちゃいけないよね」

憤る。この爆発しそうな怒りを俺はどうしたらいい。

なぜそんなことを言うのか。しかも訊けば普段AVを観てオナニーしているという。意味がわからない。その悪びれなさにやりきれない気持ちになった。ここにこんな奴がいるということは、他にもいるということか。本当に馬鹿野郎である。

まず、今はAVに出演する女性はとても多く、テレビタレントやアイドルより可愛い人だって山ほどいる。初めから自分の名前が冠で売り出される「単体女優」はほんの一握りだ。それでも無茶苦茶な大金がもらえるわけではない。100人のうち99人は、大人数で出演する企画ものだったり、もしくは名前の表記されない〝素人〟として出ることが多く、ギャラだって最初はものすごく少ない。金を稼ぎたかったらひと月に何十本もの作品に出演しなきゃならない。

昔ならいざ知らず、この厳しい業界に金がないという理由だけでAVに出演する女子は、

とても少ないと思う。それなら他のことをやった方が稼げるからだ。そしてそれ以外の、もうどうやっても逃れられない理由で仕方なく出演せざるをえなくなった場合だってあるだろう。最近オープンになってきたからといって、完全にクリーンな業界ではないはずだ。それはもちろん、いわゆる芸能界も一緒なのだが。

そしてもうひとつ。

セックスが好きでそれを職業にしたとして、それのどこが悪い。

俺は音楽が好きで、芝居が好きで、文章が好きで、それを仕事にしている。それとセックスが好きで仕事にしていることになんの違いがあるのか。どの仕事も、スタッフや演者の頑張りがあって初めて成立するものである。好きなものを仕事にするには大変な努力が必要だ。そこに挑戦するのはとても難しいけど、すばらしいことだと思う。

多少乱暴な言い方だが、俺は人前で歌うことと人前でセックスすることは同じだと思っている。表現するっていうのはなんでも恥ずかしいことだ。そしてそれでお金をもらうということも。どちらも同じように堅気の職業とは言えないだろう。そして、そこに善し悪しの差はない。

マイケル・ジャクソンがモータウン25周年のコンサートで、「ビリー・ジーン」の間奏中、人前で初めてムーンウォークをして喝采を浴び、自身の才能が大観衆の前で解放されスターダムにのし上がるきっかけとなったあの瞬間の興奮。それと、代々木忠監督作のAV『よ

うこそ催淫（アブナイ）世界へ9』の中で、なんの変哲もないエステティシャンが、それまで抑えられていた性への感情を解放し、SEX中に笑い出し、側で観ていた別の男優があっけにとられ、つられて笑い出し、絡んでいた男優も気持ちが入りすぎて様子がおかしくなり、射精後、涙を流しながら二人抱き合う姿を観た時の興奮は、規模の差はあれど、どちらも同じく感動する、最高の名シーンだ。

親に顔向けできる人もいる。でも、ちゃんと顔向けできてる女優だっているし、逆に歌手になりたくても親に言い出せず人生を終える人だっているだろう。そして、本当ならば、親がどう思おうが関係ないはずだ。自分の人生は自分で決めるものだ。とんでもなくエロい作品が観られる時がある。それは誰にでもできるものじゃない。誰にでもできないことを女優も、男優もいつだって追求している。厳しい世界で、この瞬間も。

カッコいい職業だなと思う。

すばらしいセックスを観て、「今年も一年、頑張ろう」と心から思う。そんな年明けがあってもいい。今年もよろしく。

AV女優

生きる

ありのままを書こうと思う。

2012年12月16日、午後2時頃。俺は家の中で、ボタボタとよだれと涙を垂らして床に座っていた。

アルバム制作は最後の一曲「化物」のボーカルとサイドギターの録音を残すのみだが、スタジオへの入り時間まであと二時間しかない。しかし歌詞があまりにもできず、苛立ちは募り、しまいには大声でわめき散らし、自分で自分をボコボコに殴り、痛くて泣いた。非常に子供じみていて恥ずかしく、そんなことをしても何も解決はしないと頭ではわかっているけれど、その頭が正常に動いていなかった。テレビやラジオに出ていた時はそれが見えないようにしていたけれど、あの時はかなりおかしくなってしまっていた。

己が設定したハードルを越えたいがために、様々な仕事と並行しながら作曲作業を進めていた。睡眠時間はなくなり、ハードな行程を進めていくうちに、いつの間にか圧倒的な孤独感の中にいた。周りには優しいスタッフがいて、心配をしてくれたり、手を差し伸べてくれていたが、あの時は気付かないほど仕事に没頭してしまっていた。何度も締め切りを延ばしてもらっているので、もう甘えられない、という気持ちが心の扉を閉じてしまってい

なんとか詞を書き上げ、急いでスタジオに入ってサイドギターを録音し、歌を歌っていると、いきなり「ズキン」と後頭部から首にかけて痛みを感じた。4日前、マッサージを受けた後に感じた痛みと同じだ。あの時は家で横になっていたら治まったけど、この大事な時にまた頭痛か。勘弁してくれよとイライラしつつ首に湿布を貼り、頭痛薬を飲むと痛みが和らいだので、レコーディングを再開した。

気が付けば深夜2時。ボーカルとコーラスの収録を終え、これですべてのレコーディングが終了という達成感の中、スタッフ皆で拍手をしていると、急に目の前がぐにゃっと曲がった。

あれ？

猛烈な勢いで変な気分になり、誤摩化そうと携帯電話を手に取り「メール見てくる」とスタジオの外に出ると、バットで頭を殴られたような痛みとともに、立っていられなくなり、地面にへたり込んだ。

痛い。頭の中が超痛い。歩けない。壁を伝いながらよろよろとスタジオに戻り、スタッフに頭痛を訴え、保冷剤を持ってきてもらった。それを頭に当て、ソファに横になったが痛みは増す一方で、結局救急車を呼んでもらった。

15分後救急車が到着したが、年末の日曜深夜に脳神経外科の救急を受け入れてくれると

ころはなかなか見つからなかった。スタジオの前で立ち往生したまま車は動かず、その間ずっと車内の担架の上で「頭が痛い」と奇声を上げながらジタバタしていた。

どの病院に電話しても「患者がいっぱい」「脳外科の医者がいない」等の答えしか返ってこなかった。ぶっきらぼうに「内科でもいい?」と訊く救急隊員に「脳外科」と答えたが、その後20分が経ち、あまりにも埒があかないので、気付けば他の病院に電話をかけようとする救急隊員に「内科あああ!」と叫んでいた。

呻きながら救急センターに運び込まれると、内科のクールな女医さんに「はいはい」といなされた。これはテキトーな検査をされるパターンだと怖くなり、「絶対なんか脳がおかしいです」と訴えるも、「骨髄炎じゃないですか?」とツンな態度を崩さない内科の女医さん。脳外科の先生に電話してくれるも繋がらず、交渉の末、結局CTスキャンを撮ってもらうことになった。運び込まれる時、女医さん方向に結構な勢いで嘔吐してしまい、「もう!」とツンな態度をよけいプンスカさせてしまったのでここで吐いたら全部自分にかかると必死に吐き気に耐えた。CTスキャンの中に入り、スキャンが終わると、女医さんが慌てて走ってきて言った。

「星野さん! 脳、出血してます!」

担架で運ばれながら、ああ、俺死ぬのかな、という気持ちと共に、やっと女医さんがデレてくれた、とホッとしたのを憶えている。

その後、別の脳外科の先生に連絡すると、深夜にもかかわらずすぐに駆け付けてくれて、精密検査を受けることができた。翌朝、くも膜下出血という診断が下った。脳の動脈に慢性的な動脈瘤(どうみゃくりゅう)があり、そこからの出血だと言われた。現在出血した場所はかさぶたのように塞(ふさ)がり血はひとまず止まったが、なるべく早く手術をしなければならなくなった。

その日の夜7時に、動脈に管を通して行うカテーテル手術をすることになった。担当のA先生は「絶対に助かります」と目を見て言ってくれた。それを聞いて、素直に「そうなんだ」と思った。俺以外の人には、後遺症の可能性も含め、全快の可能性は低いと言っていたことは後日知る。とてもすばらしい医師だった。あの一言がなかったら、不安に押しつぶされていただろう。

その後も意識は常にあった。幸い記憶も失くさなかった。検査後にすぐ運び込まれた集中治療室に親やスタッフ、マネージャーたちが来てくれて、みんなが励ましてくれた。なるべくくだらない冗談を言うようにした。悲しくなるので、あまり泣かれたくなかった。まだ仕事もやる気で、後日に控えたタワーレコードの「NO MUSIC, NO LIFE.」のポスター撮影を「面白いから病室でやろうぜ」とスタッフに大真面目で提案したら苦笑いで返された。アドレナリンが出ていたのか、最悪の状況だというのに、なぜか異常に明るかった。自分にとっては手慣れた時間は決まって夜7時だ。自分にとっては手慣れた時間。手術室へ担架で運ばれながら、待合室にいるみんなに手だけを挙

129　生きる

げて振り、言った。

「7時開演だよ」

誰も笑わなかった。逆に泣かせてしまい申しわけない気持ちになった。ヒーリング系の音楽が鳴っている手術室に入ると、助手のおばちゃんに「ごめんね、星野さんの曲じゃなくて」と言われ、爆笑してしまった。「そんなの恥ずかしくて全身麻酔でも起きちゃいますよ」と返した。

楽勝だ。絶対に成功すると思っていた。手術準備が整い、「じゃあ麻酔打ちますね」と声がして、腕に注射器が刺し込まれた。目を閉じると、寝室の電気が消えるように、光も、音もプツッと消えてなくなった。

地獄はここから。

生きる 2

暗闇がある。

喉の奥に何か刺さっている。管か。なんの管だ？　口腔に溜まった唾が、喉の奥に垂れ、気管支に入り、むせた。

グボォ！

とたんに身体中をキツく押さえる幾つもの手の感触がある。人がたくさんいる。そうか、ここは手術室か。じゃあ、もっと寝てなきゃ。目を閉じると、またそこに一瞬の暗闇が現れた。

寒い。なんだここは、寒すぎる。

「寒い……寒い……」

と声に出さずにいられない。どこかから声が聞こえる。

「寒いって」

「ちょっと我慢してくださいね」

はい。手術は終わったのか？　震えながら目を開ける。手術台から、担架に移し替えられる途中だった。いろんな人が自分の身体を持ち上げた。それにしても寒い。目をぎゅっと

つぶり、開けると、いつの間にかそこはもう手術室ではなく、集中治療室だった。

主治医のA先生が暗闇の中にいる。

「星野さん、手術は成功しましたよ」

それを聞いて「ありがとうございます」と掠（かす）れた声で言って初めて、自分に酸素マスクが付けられていることに気付いた。カテーテルを挿入した腰から腹のあたりにかけて、挿入口を押さえるためにコルセットがキツく巻かれていた。寝ている間に足を曲げて動脈から血が噴き出さないように、足は縛られてベッドに固定された。当たり前だが頭は動かせない。カテーテルを使って動脈瘤にはめ込んだコイルが変形しないようにするためだ。ここに血液が流れ、やがて血栓ができ、コイルの隙間を埋め、動脈瘤はカチコチに固まり、破裂の危険性は日に日に下がっていく。そういう手術だった。さらに両腕には点滴がいくつも刺さり、自動的に血圧を測る機械が腕にまかれ、胸には心電図をとる様々な色のコードがくっついていた。朧（おぼろ）げな意識の中、うわ、病人っぽい、と思った。

両親、事務所やレーベルのみんなが顔を見に来てくれた。みんな「よかったよかった」と言ってくれているその笑顔が少しこわばっている。何時間も待ってくれていたんだから、そりゃそうだ。

そして、ここからが勝負なのである。術後一週間が一番、合併症が起きる可能性が高く、そこで後遺症が残るかどうかが決まってくる。安心はしていられない。その場にいる全員

がA先生からの説明を受けていた。きっと俺が聞いているより遥かにシビアな話もしているはずだ。

そんな自分も、術前にあった高いテンションは時間が経つにつれ低くなっていき、冷静になっていった。それと同時に今まで隠れていた頭の痛みが圧倒的に強くなっていく。食べ物も食べられず、水も飲めず、片時も休まずに続く頭の痛み。それは偏頭痛の比じゃない、爆発的な痛み、それがただ続く。痛み止めを打ってもらっても痛みは和らがず、胃が拒否反応を起こして吐き気をもよおし、真っ黒い水を嘔吐する。

「これは血ですか!?」

メガネをかけていないから、吐いたものが血に見えた。しかし看護師さんは答えてくれなかった。恐らく点滴から流れた水分が体内の不純物と一緒に溜まっていたんだろうと気持ちを立て直す。俺はとても吐くのが苦手だ。体中の筋肉を使って吐こうとするも、なかなか出てこない。だから嘔吐する時はいつも同時に筋肉痛になる。そして今回はそれがまた頭痛の元になる。吐き方が悪いと肺に入り合併症を起こす。鼻腔に入っても炎症を起こす。もちろん頭を動かしたら、再発、後遺症の危険性は高くなる。いろんなところに気を使いながらベッドの外に吐くしかなかった。

そして、それまでの31年間ひっきりなしに動かしてきた身体が急に動かせなくなるというストレスからみるみる神経過敏になり、同じく集中治療室にいる他の重篤な患者さんの

うめき声、息づかい、機械によって生きている患者さんから出る不思議な音、それが気になって気になってまったく眠れない。時には、深夜に集中治療室の外で誰かが食べているであろうクッキーの匂いで嘔吐する時もあった。遠くの方で聴こえている看護師たちの話し声に発狂しそうになった。24時間、不眠不休で痛みと神経過敏に耐え続ける。それが三日間続いた。

それまでに抱いていた希望ややる気、もともと強い人間ではないが、何度も苦境を乗り越えることで生まれたなけなしの忍耐力や誇りは、そこで、そのたった三日間で、すべてなくなった。キレイにゼロになった。今すぐにでもベッドの頭上にある窓から飛び降りたい。早く死んでしまいたい。こんな拷問のような痛みはもうたくさんだ。
お見舞いに来てくれるみんなとの時間だけが救いだった。自分が何者なのかを自覚させてくれる唯一の時間。皆が帰った後、ひとり、行かないでくれと声を殺して泣いた。
体が生きようとしている。前からそうじゃないかとは思っていたが、やっぱり当たっていた。死ぬことよりも、生きようとすることの方が圧倒的に苦しいんだ。生きるということ自体が、苦痛と苦悩にまみれたけもの道を、強制的に歩く行為なのだ。そのタイミングは他人に決められるべきではない。自分で決めるべきだ。夢中で観ている映画のラストを、物語の途中でバラされるようなものだ。そんなことをする奴はサイテーだ。俺は、最後の最後まであがいてあがき

きって、最高の気分でエンドロールを観てやる。

暗闇の中、喉から出てきた「地獄だこれ」というかすかな呟きが酸素マスクに充満する。

地獄は死んだ後に訪れるわけじゃない。甘美な誘惑、綺麗ごと、そういったものにカモフラージュされて気付かないが、ここが、この世が既に地獄なのだ。私たちは既に地獄をガシガシ踏みしめながら、毎日を生きているのだ。

地獄の仏は4日目に現れた。美人看護師長の登場である。

「具合も良好だし、本当はまだここにいてもらいたいんですけど、個室に移りますか？」

やっとだ。すがるような気持ちでその言葉を受け入れた。集中治療室から個室へ担架での移動。窓にカーテンがかかって常に薄暗かった部屋から、廊下の眩しい光が目を射す。瞼をぎゅっと閉じながら自分の部屋に着き、目を開けると、ちょうど頭上にある窓が開いていた。青空だった。外からは子供たちがサッカーで遊ぶ声が聞こえた。風が吹き込んでくる。少し寒い。

その一瞬、頭痛が消えた。

雑踏が聞こえる。待ちに待った自然音だ。子供たちや飛行機の音、木々を揺らす風。機械音やうめき声ではないノイズ。なんて気持ちいいんだろう。そう思い、目をつぶってウトウトしていると、様子を見に来た男の外科部長がバーンと入ってきて豪快に言った。

「なに寝てんだ！ 運動しなさい！ もう大丈夫なんだから！」

そこからの日々は、相変わらず派手な頭の痛みに耐えながら、ほんのちょっとずつ前に進む日々だった。チータいいこと言うぜ。「三歩進んで二歩下がる」とはまさにこのことだ。今日は初めて一分間頭痛がなかった、と思いきや、翌日はとんでもない痛みにのたうち回る、というようなことを繰り返し、少し見えた希望が瞬く間に消えていく絶望を何度も味わった。

5日目には水が飲めるようになり、やがて一週間が経ちフルーツを食べられるようになると、その美味さに笑ってしまった。最初はメロン。メロンと言っても皆が想像するような甘いやつじゃない。普通に食べたらキュウリかと思うくらいの安いメロンだ。だけど、そのメロンが甘い甘い。長く断食してたのだからそりゃそうだ。もちろん、そんな日が続くわけはなく、翌日には食べた直後に嘔吐してしまった。相変わらず痛み止めの注射は合わないようで、打てばすぐ吐いちゃうし、さらにはパイナップルを食べると即嘔吐なこともわかった。その度にひどい頭痛に襲われたが、その頃には吐くことがスナック感覚で吐けるようになっていた。もう体中の筋肉を使わなくても、スナック感覚で吐けるようになった。看護師さんが入ってきた瞬間に吐いてしまったこともあった。

「オェェェェェゥ〜（お疲れさまです〜）」

その時自分の成長を感じた。

朝の6時に血圧と体温を測りに看護師が部屋に来る。そこから起きて、夜の9時半には消灯。一日がやたら長い。一ミリの誇張もなく、一日が一年のように感じられた。あっという間の復帰、と世間は思っているだろうけど、こっちの感覚としては十分な休みだ。うどんが食べられるようになり、白米が食べられるようになり、おかずを完食するようになり、同時に「痛み」にフォーカスしない時間が増えていく。テレビを観たり、iPodを持ち込んで音楽を聴いたり、気を紛らすと同時に欲望が生まれていく。

腹が減った。セックスがしたい。笑いたい。詞が浮かんでメモりたいからノート買いたい。ギター弾きたい。面白い音楽が作りたい。内村光良さんと共演したコント番組『LIFE! 〜人生に捧げるコント〜』がテレビから流れた。コントがしたい。芝居したい。文章が書きたい。この一件をどうやって文章化してやろうか。ラジオでどう喋ってやろうか。

そんな欲望と呼応するように、頭痛が容赦なく攻めてくる。まだまだ窓から飛び降りる準備はできている。心がふらつく。不安でいっぱいになる。その時テレビからふいに自分の曲が流れた。「フィルム」だ。

どんなことも　胸が裂けるほど苦しい
夜が来ても　すべて憶えているだろ
声を上げて　飛び上がるほどに嬉しい

137　生きる2

そんな日々が　これから起こるはずだろ

うるせえな。そんなこと歌われたら飛び降りることができないじゃないか。ここで死んだら、今まで応援してくれた人たち、そして自分の音楽を裏切ることになるじゃないか。俺はまだ死ねないのだ。これから、飛び上がるほどに嬉しいことが起こるような日々が来ることを、俺は知っているのだ。

一人きりのクリスマス、一人きりの年越しを終え、倒れて入院してから三週間経った退院の日、迎えにきてくれた両親、スタッフを引き連れ、命を救ってくれた先生、支えてくれた看護師の皆さんに深くお礼をして、病院を後にした。なんだか清々しいような、寂しいような、不思議な気持ちだった。『ショーシャンクの空に』のティム・ロビンスの真似をすると、みんな笑ってくれた。

今回行った脳動脈瘤破裂後のカテーテル塞栓術（そくせん）という方法には、完治はないそうだ。様子を見ながらずっと付き合っていかなきゃならない。地獄は相変わらず、すぐ側にある。いや、最初から側にいたのだ。心からわかった、それだけで儲けものだ。本当に生きててよかった。

クソ最高の人生だよ。まったく。

生きる 2

楽しい地獄だより

1

正月明けの退院から二カ月後に復帰すると、溜まっていた仕事が押し寄せ、すぐに忙しくなってしまった。休養でご迷惑をお掛けした方々にお詫びをし、ワタワタと仕事をする日々。

アルバム『Stranger』の発売を延期したため、リリース後ゆっくり着手するはずだった『聖☆おにいさん』の書き下ろし主題歌「ギャグ」を制作する時間が少なくなってしまった。そこで、セルフプロデュースのまま、労力を使う編曲の作業だけ誰かにお願いしようということになり、亀田誠治さんに手伝っていただくことになった。とても優しい方で、自分の話に真摯に耳を傾けてくれた。いつも一人での作業だったので、プロの方の仕事を初めて観察させていただき、とても楽しく、勉強になった。

自分が小さい頃、「一発ギャグ」という言葉がまだ生まれる前。「ギャグ」という言葉は今よりもカッコよかった。もちろん、一発ギャグの面白さ、生み出す大変さは重々理解しているつもりだが、いつの間にか浸透し世俗的に使われるようになった「一発ギャグ」を経た後の言葉としての「ギャグ」は、安っぽい響きに変化してしまった気がする。個人的には もちろん「ギャグ」も「一発ギャグ」も、変わらずカッコいい存在だ。

小さい頃よく接していたクレイジーキャッツの映像や赤塚不二夫のマンガ、シティボー

イズライブなど、そこに存在するギャグはいつも洒落ていて、知的かつ感覚的で、狂っていた。「ガチョーン」も「コマネチ」も「だっふんだ」も、頭で考えても何が面白いのか理解できないが、体は勝手に笑ってしまっていた。「オヨビでない?」とおどける植木等さんが、普段は真面目でまったく無責任男じゃないと知った時、ギャグというものの奥深さを知ったし、何かを隠しながらも人を笑わせられることを魅力的に感じた。「ギャグ」は手軽で安価なものではなく、人を意味無意味、意識無意識関係なく、根本から動かしてしまうものだと思う。

マンガ原作のアニメ主題歌ということもあり、様々なギャグマンガやギャグアニメに対しての尊敬を詞にしたのがこの歌だ。詞が書けず悩んでいた時、とある少年マンガを読んで爆笑し、泣き、この歌詞ができた。俺はいつもこの作品のギャグに救われ、そして登場人物に励まされ生きている。いつまで経ってもブレないこの作品の作者さんは、同世代の星である。

春になり、「ギャグ」の制作を終えると、ニューアルバム『Stranger』、映画『聖☆おにいさん』、映画『箱入り息子の恋』の宣伝期間に突入した。それと同時に始まったのが、映画『地獄でなぜ悪い』の主題歌の制作だった。がっつり出演もしていたが、編集済みのDVDを見せてもらうと、物語のラストが撮影時とずいぶん変わっていた。脚本の段階ではもっと現実的で寂しい終わり方だったものが、虚構と現実が急速にグチャグチャに混ざるよう

なエンディングに変化していた。

この終わり方にふさわしい、映画館で目眩がするような曲を書きたい。取って付けたようなタイアップ曲ではなく、『デビルマン』や『宇宙戦艦ヤマト』のように作品と一体化しつつ、その曲があることによって映画が何割増しにも好きに感じるようなものにしたい。

まず、曲名を映画と同じタイトルにすることから始め、机を叩いてリズムパターンを録音し、それをループさせて歌を乗せた。明るくて気持ち悪い曲にしたかったので、テンポは速く、メロディは楽しく、コードにはメロディに合わないテンションを混ぜた。

編曲、バンドとの録音、ストリングスやホーンセクションのダビングもすべて終え、オケが完成してから歌詞を書きはじめたが、いつものように進まなかった。出てくる言葉が映画の内容に近すぎてしまったり、逆に個人的な歌になりすぎてしまったり、ちょうどいいラインに行くことができない。書いては消しを繰り返して数日が過ぎて6月、二ヵ月ぶりの定期検査入院の日が訪れた。

主治医のA先生は「ちゃんとした結果は一週間後に出ますけど、今までの検査も問題ないし、大丈夫でしょう」と言ってくれたので、気楽に臨んだ。看護師さんたちが笑顔で迎えてくれ、挨拶すると申しわけなさそうに言われた。

「今日、隣の個室の方がちょっとうるさい人なんです。夜眠れないかもしれないから、嫌だ

ったら遠慮なく言ってくださいね」

その夜、テレビも電気も消して寝ようとすると、隣から声が聞こえた。

「助けてくれ」

ああ、確かに声が大きい。

「痛い」
「寂しい」
「辛い」

お爺さん、気持ちは痛いほどよくわかる。わかるけど、ちょっと声に出しすぎだ。一分の隙もなくずっと唸（うな）り、喋っている。他の部屋の人たちだってみんな同じように痛くて辛くて寂しいが、迷惑をかけないようにぐっと我慢している。そんなにガチャガチャナースコール押しても、看護師さんはめちゃくちゃ忙しいのだ。しばらくして看護師が部屋に駆け込むと、お爺さんは吐き捨てるように言う。

「やっと来たよ！」

とはいえ別に身体に異変があったわけではなく経過は順調なので、看護師はすぐに出て行ってしまう。お爺さんはただ寂しく、誰かに側にいて欲しいだけだ。すぐにまた唸り出し、ナースコールを押しまくる。お爺さん、それはさすがに来てもらえないよ。そう呟きながら、半年前のカテーテル手術後のあの不安な日々を思い出していた。

何気なく出したノートに筆が進む。

病室　夜が心をそろそろ蝕む
唸る隣の部屋が　開始の合図だ
いつも夢の中で　痛みから逃げてる
あの娘の裸とか　単純な温もりだけを　思い出す

そこからは、真っ暗な病室で、歌詞がスラスラと書けた。数日後「地獄でなぜ悪い」の歌詞が完成し、歌を吹き込むことができた。ホッとする間もなく7月に予定されている初の武道館ライブのリハーサルに突入。バンドメンバーに挨

拶し、歌い、緊張感も高まった。ラジオや雑誌の連載等も既に再開し、休養のせいで先延ばしになっていた宿題や仕事はほとんど終え、やっと新しい次のステージに進めるぞと嬉しく思い、気合いも入った。

こっそり計画していたSAKEROCKのベスト盤制作をレーベルに提案するとぜひと言ってもらえたので、武道館リハーサルの帰り、ライブを共にするSAKEROCKのメンバーでもある大地くんに車で送ってもらった時にベストの話をすると、とても喜んでくれた。わいわいと話をしながら窓の外の流れる景色を見て、これからは面白いことがいっぱいだな、としみじみ思っていた。

翌日。先週行われた検査の結果を聞くために病院の受付にいた。仕事のスケジュールを身体の具合を見ながら調整するため、事務所のスタッフも一緒に先生の話を聞く予定だったが、母親と一緒に30分前ほどに着いてしまった。脳外科の前に行くと、A先生がいた。いつものように挨拶し、「すいません、早く着いちゃって」と言うと、先生は初めて見る表情で言った。

「どうぞ、入ってください」
「もう入っていいんですか？」
「はい」

あれ、Ａ先生ってこんな顔だったっけ？

「あ、もうすぐスタッフとかも来るので」
「いや、その前にお話があります」

そう言って扉を開け、中へ入るように促された。

「わかりました」

明るい声を保ちながらも、動悸で胸が痛い。だいたいわかった。もうわかったよ。嘘だろ？ 扉の中に入ると、いつもは開けたままにしている扉を、先生がピシリと閉めた。時間を巻き戻したい。一秒前に行きたい。もっと前だ、一日前に行きたい。なにがいけなかった？ なにが悪いことした？ そう思いながら診察室の椅子に座ると、Ａ先生が、「申し上げにくいのですが」と前置きして言った。

「再発が見つかりました」

うずくまる自分の背中に、母がそっと手を置いた。

2

読んでいる皆さんはきっと、ここからまた過酷な闘病生活が書かれるのだろうと思うはずだ。しかし、それはもうやめにしたい。

もちろん、再発の宣告を受けてからひと月半後の手術、その後続くリハビリ期間は本当に辛かった。しかし辛い日々のことはもう一度目の手術の際に書いているし、悲しいことばかり書くのはもう飽きてしまった。

前回の手術とどちらが辛かったかと言えば、「破裂もしてないし今回は楽だぞ」とちょっとでも思った自分がアホらしくなるほどに、二回目の方が断然過酷であった。一回目は予告編かな？みたいな。好きなアニメの再放送を観ていたら、途中から予告なしでいきなりその作品の続編新作アニメに切り替わったみたいな。そんな予想外にフレッシュでパワーのある辛さだった。

でも、この期間、様々な出来事があったけど、細かく言うと、「苦しい日々の中でも、面白いと心から感じられる瞬間」がとても多かったということだ。

面白さが、辛さに勝ったのだ。

コイル塞栓術後の動脈瘤再発は、同じ手術をするにしろ、開頭クリッピング（頭を開いて瘤の根元に直接クリップして破裂を防ぐ）手術をするにしろ、自分の患部の状態では難易度が高く、国内に施術できる人が限られているという。つまり医師探しから始めなければならなかった。今すぐではないが、ひと月半後の武道館の頃には破裂の危険があるという。翌日以降に予定していた仕事はすべて中止、または延期となった。

A先生に医師を数人紹介していただいたが、そこですぐ決めるには自分はあまりに無知だと思い、自分でも調べていいですかと訊くと「もちろんです、納得いくまで探しましょう」と言ってくれた。

医師探しは難航した。やはり難しい手術なのだなと気持ちが落ち込みそうになる。結局、以前から様々なことでお世話になっていた、笑福亭鶴瓶さんに電話で相談に乗っていただいた。

「ほんまか」
「はい」
「そうか。詳しい人たくさんおるしすぐ探すわ。まかしとき」

鶴瓶師匠、お忙しいだろうにすぐに調べて折り返し連絡をくださり、主に海外で活躍し

151　楽しい地獄だより

ている脳外科に詳しいS先生を紹介していただいた。さっそくカルテをお送りし、検討してもらうと、この手術に適任だろうと挙げてもらった医師とA先生が紹介してくれた医師と同じだった。ともかく会いに行き、診察を受けようと決意した。

翌日、鶴瓶さんから電話があった。

「なあ源」

「はい」

「これから俺モントリオールに行くんや、映画の仕事でな」

「そうなんですか」

「生きとればな、俺みたいにおもろい仕事できるわ」

「はい」

「しっかり治して来いや」

カッコいい師匠である。

翌日、K先生に会いたいですとA先生にお願いし、紹介状を書いてもらった。

「ものすごい先生ですよ」

「ものすごい」?「すごい」じゃなくて?
そう言われ、少し不思議に思いながらさっそく病院に行くと、受付の方に言われた。

「K先生、診察かなり押しますが、大丈夫でしょうか?」

大丈夫です。と伝え待っていると予定の時刻を越え、どんどん時が過ぎていった。一時間、二時間、三時間。本当にめちゃくちゃ押している。診察室の出入りを見ていると、一人につきおよそ20分から30分もかかっている。長い。そんなに精密に問診するんだろうかと思っていると、「星野さん」と呼ばれた。

診察室に入ると、歳は60代後半ほどの男性がじっとパソコンモニターに映し出されたカルテを見ていた。K先生だ。看護師さんに椅子に座るように促され着席すると、先生は勢いのある口調で言った。

「手術やりたくないです」

「えええ!」

唐突すぎて、コントみたいなリアクションをしてしまった。しかしそこから、いかにこの手術が難しいか説明してくれた。

開頭クリッピングをするにも、塞栓したコイルが少し血管内にはみ出ているため、それを挟み込まないよう取り除きながらクリップするしかなく、その方法だと一度その血管の血をすべてせき止めなければならないが、前頭葉に繋がる血管が患部付近にあり、それも一緒に止めた場合、手術時間が長くなると、血が行かなくなった脳の一部が死んでしまう（つまり頭がおかしくなってしまう）。故に別の血管から前頭葉行き血管へのバイパス手術を行い、血の流れを確保してから手術することになるだろう、と言われた。

確かに大変だ。怖い。本当だったら不安のどん底に陥り、嘔吐の一つでもしそうなものだが、そうはならなかった。説明の間、K先生は唐突に違うことを言いはじめたからだ。

ちんこの話である。

もちろん、脳の話をしていたのだが、いつの間にか脱線し、「たとえば誰か死んだフリをしていても、ちんこを見ればどれくらい脳が生きているかわかる」的な、いわば学術的下ネタになり、後ろの女性看護師がクスクス笑う中、いつの間にか俺はK先生の話に爆笑させられていたのだ。

なぜ俺がちんこの話が好きなのを知っていたのか。先生は続けた。俺の一度目の塞栓手術は破裂後のリスクを考えれば大正解だが、次は開頭手術するしか完治に近づく方法はな

いう話、別のちんこの話、いかに開頭手術の根治率が高いか、しかし技術が必要なため優秀な医師が少なく、もっと育てなければならないというご自身の目標の話、中島みゆきさんが好きだという話。真面目でシビアな話の間に下ネタや世間話を挟み込まれ、あっという間に時間が過ぎた。

そして最後に、この手術がいかにリスクがあるか、どんな順序で手術するか、すべて説明してくれた。希望も少なくリスクの高いシビアな状況を説明され、ふっと気持ちが落ち込んだその時、K先生は俺の目をじっと見て言った。

「でも私、治しますから」

最後の最後まで、何があっても絶対に諦めません。見捨てたりしません、だから一緒に頑張りましょう。そう言われて診察室を出た。

こんなことあるのか。診察が楽しかった。20分の診察のうち、15分弱は冗談だった。K先生の元には、全国から手術を断られた人が押し寄せる。きっとみんな重い絶望を背負って診察に訪れるはずだ。それを笑い飛ばし、シビアな現実を伝え、かつ希望を与える。診察の長さには理由があった。

A先生にもS先生にも事前に伝えられたのは「執刀医は必ず自分で納得いった人に決めてください」ということだった。誰かの言葉に流されて医師を決め、もし失敗した時、取り返しのつかない後悔が訪れるからだ。

 K先生の診察を終えた時、「この人になら殺されてもいいな」と思った。もちろん、それは冗談ではなく、死というものを猛烈に身近に感じている状況での、真剣な想いだ。この先生ならどんな結果になっても後悔しないだろう、そしてたくさん笑わせてくれて、真っすぐ目を見て、「治す」と言ってくれた人を信じるのか。心狭き自分は昔から、本当に信じられる人間などこの世にはいないと思っていたが、人を心から信じるということは、その相手の失敗をも受け入れられれば可能なのだ。

 K先生が忙しいため、手術は少し期間を置くという。診察室を出た後、ふと思い出し、診察室に戻って「手術までの間、気をつけた方がいいことはありますか?」と訊いた。

 K先生は間を置かずに言った。

「血圧とか気にしなくていいんですか?」
「破裂する時は破裂するし、死ぬ時は死ぬんだから」
「ええぇ!」
「ないよ」

「何も考えずに楽しく生きなさい！」

また笑わされた。普通そんなこと言う？　しかし、それはつまり手術までには破裂しない、という確信があるから言っているのであり、その時点で信頼関係はできていたので「わかりました！」と元気に診察室を出た。

3

入院まであとひと月。6月末、二度目の休養が発表されると様々な人からメールや電話があった。しかし手術までの待ちの状態が恐ろしいスピードで精神を蝕み、ただでさえ柔くなっているメンタルはおぼろ豆腐のようにグズグズになってしまった。一度返事をすればみんなにドボドボと弱音を吐き、精神的に頼ってしまいそうだったので、心の中で感謝をし、誰にも返事はしなかった。死ぬかもしれない他人に頼られることほど面倒なことはないだろう。

まだ普通に動けるから外に出たい気持ちにもなるのだが、もし誰かに見つかってしまったら「元気じゃん」、「仕事しろ」と言われそうなので、ずっと家の中にいた。ビクビクしつつもやめられないオナニーばかりの最低な日々。

ギリギリで録音し終わっていた『地獄でなぜ悪い』を予定通り10月にリリースしたい、とレーベルスタッフに提案すると「そう言うとは思わなかった」と驚かれた。手術予定日は8月頭。そこから数カ月後の発売予定だったが、もし手術が成功したとしても休養中ではプロモーションはできない。そして何より、その時自分は喋ったり、歩いたりできているのかどうかもわからないのだ。

でも、映画の公開は予定通りされるし、倒れる直前に作った「化物」の時と同様、今の自

分の状況を偶然に予言してしまった歌詞だったので、個人的には困った事態だし喜ばしいことではないけれど、他人の立場になれば、後々落ち着いた時よりもリアルタイムで聴けた方が、現実と詞のリンク具合を断然面白く感じられるだろうと思った。

結局、スタッフのみんなも本人稼働のないプロモーションで頑張ろう、と奮起してくれた。今回ミュージックビデオに出演することはできないだろうということで、アニメーションで行くことになった。レコード会社や事務所からすれば、「本人出演のMVがプロモーションには一番」なのだろうが、こうなっては仕方ない。ずっとアニメMVをやりたかった身としては願ってもないチャンスだった。

打ち合わせを終えて家に帰り、設定や登場人物、台本（字コンテ）を書く。楽しい。やっぱり仕事をするのが好きなんだな。この自分が置かれている状況と反比例した、めちゃくちゃにくだらなくてパワーのあるものにしよう。「こんなバカみたいなMV作る人が身体を壊すわけがない」と思ってもらえるように、ニヤニヤしながら内容を考えた。

時は遡り春の日。映画『聖☆おにいさん』の打ち上げ会場で、眼鏡をかけた酔っぱらいの青年が近づいてきて言った。

「俺、音楽超好きなんす〜」

少しチャラい雰囲気がするその男性は、ワイン片手に一枚の色紙を渡してくれた。そこには油性マジックで描き殴ったイラストで、裸の胸元に「カリスマ」と大きく書かれたブッダが、ヘッドホンを片耳に当て、ターンテーブルを擦り、オーディエンスを沸かせている様が描かれていた。なんですかこれ？ と驚くと横にいたスタッフの方が紹介してくれた。

「総作画監督の浅野直之さんです」

その人は映画『ドラえもん 新・のび太と鉄人兵団』で総作画監督を務め「日本一ドラえもんを描くのが上手い男」と呼ばれ、『聖☆おにいさん』でキャラクターデザインと総作画監督を務めた人だった。もっと歳をとった人だと思っていたが、パッと見自分と同じくらいの年齢に感じた。偉い人なのに偉ぶる素振りもまったく見せず、むしろ様子がおかしい、というか変な人だったので、なんだか気が合いそうだなあと思った。

字コンテ執筆中、部屋に飾ってあるその色紙に目が留まった。浅野さんに作画とキャラクターデザインをお願いできたらいいな。さっそくスタッフを通じ連絡すると、まさに今から三カ月間空いているという。即決でOKをいただき、共同でMVの監督をしてもらう

160

ことになった。

入院直前に浅野さんと打ち合わせをすると、やはり妙に気が合った。そして入院した後も手術までは数日余裕があったので、施術直前ギリギリまでやり取りを続けた。楽しい。絵コンテやキャラクターデザインがあがり、リテイクの注文をメールで返した。

頭のケガで入院している子供（俺）と、クラスのみんなについて行けず浮いてしまった女子高生が、妄想の世界（地獄）でお互いに理想化された姿で出会い、悪いモンスターをやっつけるというファンタジー。虚構に逃げ、ただ現実逃避しているように見えるひとりぼっちの二人が、実は本人も気付かぬままに妄想内で繋がっているという話だ。

病院のベッドの上で寝転がりながら、病院のベッドの上で悲しそうにしている俺が描かれたコンテを眺める。

手術を控え気持ちは憂鬱(ゆううつ)だが、ものを作る、という視点で己を見ると、とても面白い。幸い病気を面白がり、前向きなものに転化するということは、その病気になった本人でないとできない。周りがやれば不謹慎になってしまうからだ。幸福なことに、自分はそれをできる環境にあり、リアルタイムでアウトプットする場がある。そんなことをさせてもらえるありがたさと楽しさ。たくさんの方に迷惑をかけてしまって本当に申しわけないし、相変わらず苦しい日々ではあるけれど、その頃には病気を恨む気持ちは既になくなっていた。

手術当日とその周辺の数日間、ディレクターの山岸聖太さんにカメラを持ってきてもら

い、すべてを映してもらうことにした。

もちろん、手術室には入れないが、病室での様子、手術後のすべてを記録してもらいたかった。どんな結果であろうと、気後れせずバッチリ映してもらうように、そして何があっても、術後自分がどんな状態になっても何らかの方法で映像を発表するように伝えた。

人の人生が大きく動く瞬間。何かが決まる瞬間。この映像が公開される時、自分はどうなっているかはわからないが、それを観ることができたらきっと面白いだろう。俺は面白いことができればそれでいい。芝居も、音楽も、文章も、他の人がやっているなら自分がやらなくても「こんなたくさんの人がやってるなら自分がやらなくても」とうんざりしつつも、どうしても止められないのは、単純にもっと面白いことがしたいし、面白いことが起こる場にいたいからだ。たとえそれがこんな状況だとしても、なにか面白いものが少しでも残せれば生きていることと同じか、それ以上だと感じられた。

待ちに待った本番の日。手術衣に着替え、手術室に歩いて向かう。長く稽古した舞台の初日と似た緊張感とワクワク感。手術室の前にはニコニコしたK先生がいた。「いやぁ、よろしくお願いします」というとK先生は「楽勝」と言わんばかりに笑った。隣にはA先生がいた。わざわざ遠いこの病院にまで立ち会いにきてくれた。手術中も最後まで立ち会ってくれるという。涙が出るほどありがたかった。

扉を開けて一歩入れば医師たちと自分のみの世界だ。家族とスタッフにブンブン手を振

162

って中に入ると、妙な光景だったのか看護師さんが笑っていた。

台に横になり、頭を固定され、麻酔が打たれた。

自分は今から文字通り、人に命を預ける。起きたらどうなっているのかわからない。超元気かもしれない。偶然イケメンになっているかもしれない。ちんこでかくなっているかもしれない。早漏が長持ちするようになっているかもしれない。くだらない？　くだらなくていい。ポジティブに行こうじゃないか。悪いことを考えられるのは悪くない時だけだ。今は良いことだけを考えられる集中力が俺にはある。

未来に期待しつつ、目を閉じた。

4

痛

痛いコーラ飲みたい痛い

痛いちんこ痒い痛いあぁぁぁぁぁぁぁぁぁぁぁぁぁぁ痛い。

声を出さずにいられない。痛すぎて暴れたくなる。

暗闇に誰かの声が聞こえる。

「痛いよね」
「頭開けてるからね」

そうだ。頭蓋骨開けたんだった。頭にものすごい違和感。なにか何処かに運ばれている感覚があり、意識が途切れ、気付くと耳元で声が聞こえた。

「大成功ですよ」

K先生の声だ。

「これで完治だからね」

マジですか。よかった。ありがとうございます。「よく頑張った」「よかったよかった」「ひと安心だ」。朦朧としながら家族との話を終え、目を開けるとそこは暗い集中治療室だった。

誰もいない。ふと意識がハッキリとした。手術する前と特に何も変わらない感覚。成功したのか。爆発的な頭の痛みがあるだけで、俺は自分自身だった。結局、バイパス手術はせず、ハイスピードかつ一番理想的な状況で手術を終えることができたと言われた。今後の再発率は10年で0・1パーセントだそうだ。普通の人が発症する確率より低い数字らしい。よかった。本当によかった。

さてここからが俺の本番だと気持ちを引き締める。一番辛いのは集中治療室での時間だというのは前回の手術で思い知った。まず吐き気だ。案の定すぐに気持ち悪くなった。助けを呼ぶ間もなくベシャッと床に向かって黒い水を吐いてしまう。OK成功だ。吐くの上手くなったな俺。こんなに素直に吐けるなら、筋肉痛にもならなそうだ。ナースコールを押し、看護師さんを呼んだ。

「あー吐いちゃいましたね、片付けますね」

朦朧としてて気付かなかったが、可愛い。可愛いなこの看護師さん。仮にこの娘をBさんとしよう。しかし頭の激痛が性欲をなくしていることにしてしまう。今、可愛いこととかホントどうでもいい。でも、元気だったらこの状況嬉しいはずなのだ。Bさんに対して可愛いと思うことを続けよう。わらにもすがりたい。今はまったくない性衝動を脳内で仮想することで

169　楽しい地獄だより

少しでも楽しい気持ちでこの時間を乗り切れるなら、俺は全力を尽くそう。

たった一分が一時間ほどに感じる。「年取るごとに時間が経つのが早くなるよね」というトークはありふれているが、大病をして集中治療室に行けば、すぐにでも子供の頃に味わったあの長い時間を体験することができる。気を散らすものもなく、動くことすらできなければ、時間はひたすら細分化され間延びしていく。スローな時間に頭の痛みが容赦なく攻め続ける。前回よりも痛みが強い。さすが頭蓋骨に穴を開けただけある。たまらずナースコールを押すとBさんが来た。

「あ……はい」
「ここからは座薬の方がいいので座薬にしますね」
「すいません……痛み止め打ってもらっていいですか」
「どうしました？」

座薬。言わずもがな、お尻の穴に入れる薬だ。こんな可愛い娘に尻の穴を触られるのか。俺はまだアナルを開発したことはないが、噂では前立腺マッサージなどはとても気持ちいいと聞く。こんな状況、通常だったら興奮しないわけがないのだが、一ミリも楽しくない。ホント、びっくりするほどに心の中が真顔である。

Bさんが薄い手袋をはめ、ローションらしきものを塗りはじめた。

「はい、じゃあお尻出しますね、横向いてください」

　仰向けから横に寝返ると、Bさんがズボンをおろした。Bさんに尻を見られている。興奮しろ……俺……！　通常の俺ならきっと楽しいはずだぞこのプレイは！　そう思っていると、ズブリ、とアナルに座薬と指が入って行く。

「ああっ」

　変な声が出た。全然気持ちよくない。うんこしたくないのにうんこしたい感じだ。むしろ気持ち悪い。手袋をパンッ！　と外し、淡々とズボンを上げてくれるBさん。

「はい、終わりましたよ」

　ごめん、Bさん。せっかく入れてもらったのに気持ちよくなかったよ。次は頑張るから。また数時間暗い天井を見つめる。永遠にも感じる瞬間。眠れるわけもない。頭はもちろ

楽しい地獄だより

ん痛い。ずっと吐きそう。痛み止めなんて気休めだ。視線の端に赤いチューブが見えた。頭から出てくる血を何処かに逃がしているらしい。え、ちょっと待ってこんなに血出てるの？大丈夫かこれ。貧血にならない？ そう考えているとさらに気持ち悪くなってまた吐いてしまった。

すると最大だと思っていた頭痛が俄然盛り上がってきた。すかさずナースコールを押す。

Bさんがやってくる。

すばらしい手際の良さで、黒いゲロが処理された。

「星野さんどうしました？」
「吐いちゃって」
「ああ、片付けますね」

「終わりましたよ」
「あと、また頭痛くなってきました」
「はい。じゃあ座薬入れましょうね」

Bさん、次こそは、俺はあなたのために気持ちよくなってみせる。対策は考えてあるんだ。

その昔行った風俗店で、プレイ後に言われたことがある。

「お客さん、ドMだね」

驚いた。それまで自分はどちらかというとSだと思っていたからだ。若かりし頃、ソフトSMなる言葉を覚えて彼女と盛り上がり、性行為の最中に相手の手を軽く縛り、目隠しをする放置プレイをしたことがあった。ただそれだけではつまらないので、なんとなく「置いて行かれた」と思わせるために部屋のドアを開ける音と閉める音をわざと出し、出て行ったと見せかけて物音一つ立てずにすぐ女の子の側に戻ってみた。するとその娘はどんどん顔つきが不安になっていくのだが、それをじっと見ながらしみじみと、「ああ、この娘、好きだなあ」と愛しさで胸の中がいっぱいになったのである。それはどう考えてもS的思考だと思っていたのだが、「M？ マジで?」と聞くと「相手によって変わるのかもね」と言われた。確かにその嬢はSのタイプであった。

座薬投入後の数時間の間、どうすれば気持ちよくなれるか考え、出た答えはそれだった。BさんがSだと思い込むのである。我ながらいいアイデアだ。己が縛られていると仮定すれば、気持ちいいばかりか自分のドM部分も覚醒する。痛みを乗り越えられるだけではなく、新たな性癖も見つけられるなんて一石二鳥である。

173　楽しい地獄だより

座薬を取りに行ったBさんが戻ってきて手袋をはめ、指にローションを塗りはじめた。
やめろ……やめてくれ、手足を縛られ無抵抗な俺のアナルを攻めるなんて……とそんな気はさらさらないのに無理矢理考える。もちろん手首には布団のシーツをぐるりと巻き、縛られている感を出した。

「じゃあ、横になってください」
「はい」

いそいそと自分で横向きになるも、心の中ではこんな感じだ。

「うわあ、そんな強引に横向きにしないでくれBさん……乱暴は止めてくれ……ああっ！ ズボンをそんなにムリヤリおろすなんて！ なんて破廉恥なんだ！」
「じゃあ入れますね、息吐いてください」

手足がキツく縛られて動けない！ やめろやめてくれええぇ！
ズブリ……

「あぐっ」

「はい、終わりましたよ」

「……ありがとうございます」

Bさんは去っていった。俺は暗闇に向かってため息をついた。ぜんぜん気持ちよくない。ダメだわ。やめだやめ。めちゃくちゃ頭痛いわ。巻いたシーツをほどきながら氷のような無心はどうやっても変わらないことを悟った。俺Mじゃねえわ。ていうか頭の痛み最強だわ。何一つ興奮しないし、痛み以外にまったく気が向かないわ。

その日は結局一睡もできず、痛みに耐えながら一日を過ごした。座薬は計三回入れてもらった。最後の一回の頃にはもう無駄な抵抗は止め、ロボットのように事務的な気持ちで入れてもらった。

翌朝、すぐに個室に戻れることになった。カテーテル手術と違い、今回集中治療室は一日いるだけでよいそうだ。これは助かった。もうここにいなくて済む。それだけでずいぶん気持ちは楽だ。

看護師は基本的に担当する区画が分かれていて、管轄以外の場所にはあまり現れない。

担架に乗って退出する時、一晩中看護してくれたBさんに「ありがとうございました」とお礼を言った。すると彼女は、運ばれようとする俺を「星野さん」と呼び止め、言った。

「ファンです」

え？

「私、星野さんの歌大好きなんです。これからも頑張ってください」
「え……俺のこと知ってたんですか？」
「はい！　すごい好きです。応援してます」
「あ……へえ……それは、ありがとうございます」
「えへへ」
「すみませんでした」
「え？」

不思議がるBさんを残し、俺を乗せた担架は集中治療室を後にした。
最低だ。自分のファンに座薬を三回も入れてもらうなんて。しかも「ファンにアナルを

攻められて気持ちよくなろうと頑張った」音楽家なんて、今後どれだけ真面目なことを歌っても説得力の欠片もない。

　一カ月後の退院の日、その娘はわざわざ病室まで来てくれ、数人の看護師とともに顔を赤くしながらお祝いとして俺の歌を歌ってくれた。可愛かった。退院後、頭痛も治まりずいぶん元気になった頃、集中治療室でのいろいろを思い出し、遅ればせながら非常に興奮したのだが、それはまた、別の話。

5

「明日あたり顔が腫れますけど、二、三日で治るんで気にしないでくださいね」

手術を終えて二日目。担当医のO先生に言われた。痛みもまだ最強レベルで、動くこともできない。看護師に「ご飯食べますか？」と訊かれ「食欲ないです」と答えると、「だいたい、女性は術後一日目からご飯食べはじめますよ」と笑われる。

「男はみんな時間かかりますからね」

信じられない。吐き気はすごいし、何よりふらふらして座ることもできない。食欲なんて湧くわけない。さすがに女は強い。

ずっとカメラで撮ってくれていた山岸聖太さんの帰る時間が近づいてきた。明日からはしばらく病院に来ることはできないので、『地獄でなぜ悪い』のミュージックビデオのYouTube用トレイラーのラストに入れるための映像を撮ってもらうようお願いした。聴いてくれる人に、偶然生まれてしまった歌詞と本人の状態の親和性をよりわかりやすく伝え

るため、動画の最後に実写の短い映像を一発入れたいと思った。

しかし何度か撮影してみるのだが、頭から赤い管を出し、ベッドで動けなくなっている自分はどう撮っても悲惨に見えてしまう。観た人に心配させたいわけではなく、あくまでも曲をより楽しんでもらうという目的だったので、いろいろ試して、最終的に手元だけを映してピースする、ということになった。なるべく明るく見えるように何度もリテイクを重ねる様子はちょっと滑稽であった。

スタッフたちも帰り、ここからは自分だけの時間だ。毎日来てくれている両親も、病院に泊まることはできないので、夜は必ず一人になる。少しずつ、起き上がり歩けるように練習する。フラフラする。足に力が入らない。トイレに行きたくなり、ゆっくりと立ち上がり、歩行用の点滴スタンドをしっかり持ち、少しずつ移動する。ドアを開け、そう言えば顔はどのくらい腫れてるかな、と思い鏡を見た。

「……誰だ！」

つい突っ込んでしまった。知らない人がそこにいた。話には聞いていたけどこんなに腫れるのか。鏡に映っている自分がいつもとまったく違う。なんというか生理的に戸惑う。こんなことで割と心がやられてしまう。失意の中で用を足し、ナースコールを押すと（術

後しばらくは尿の色や量を確認してもらわなければならない）看護師さんが現れた。

「あら！　顔かなり腫れましたねー」

明るく言ってくれる感じに救われる。

「こんなに腫れるんですね……」
「みんな不安になるんですけど、時間かかっても絶対引きますから」

ひとまず安心した。
ベッドに戻り、カメラ片手に面白い顔が残せないかとパシャパシャと自分撮りをしたが、5分ほどチャレンジしてあまりの難易度の高さに「無理だ」と諦めた。
その日から、増して行く痛みと共に、少しずつ前に進む日々が始まった。
夜中、あまりの頭の痛みに勝手に涙が流れ、枕がびしょびしょになった日もあるし、晩飯が吐かずに食べられてガッツポーズを取った日もあった。車椅子に乗って看護師さんに押してもらいながら院内を散歩すると、初めてスーパーファミコンで「F-ZERO」をやった時以上の爽快感を感じた。廊下に出ることの喜び。売店で買い物をする時の楽しさ。初

めて「ちくわパン」を食べた時の衝撃のでかさ。ずっと刺さっていた点滴が外れた瞬間の喜び。変な看護師さんが来た時に感じるコミュニケーションの難しさとそれに伴う悲しみ。お見舞いに来てくれた人が何気なく言ったひと言がある時は罪のない暴力となり、ある時は異常に治癒力の高い薬になり、心がすり減り、逆に豊かにもなる。晴れの日のありがたさと雨の日の悲しさ。嵐の日、窓にぶち当たる雨の勢いにワクワクし、祭りの日の夜、遠くで聴こえる花火の音に感じる異常な孤独感。

楽しいことも、辛いことも、濃縮して味わった。病室の日々は、普通の生活の時間よりも遅く、間延びして感じるが、起こる出来事への喜怒哀楽の密度はとても高い。景色の変わらない病室の中は一見時が止まったように見えるけれど、そんなことは決してなく、働いて、休んで、あくせく動いている人たちと同じかそれ以上に、その生活は、紛れもなく人生そのものだった。

生きた証や実感というものは、その人の外的行動の多さに比例するのではなく、胸の中にある心の振り子の振り幅の大きさに比例するのだと思う。

退院の日、看護師さんたちに見送られてタクシーに乗り、まだ腫れが少し残り、微妙に別人のようになってしまった顔が映る窓を眺めながら、この顔が元に戻ってからも、俺はそれを忘れてはいけないと思った。

6

窓を開ける。冷たい空気が入り込んでくる。微妙に厚着をして掃除機をかける。そんなに動いていないはずだが体が温まってきて、結局Tシャツだけになる。

手術から約4カ月が経ち、長かった2013年が終わろうとしている。太陽が落ちはじめ、空が赤くなって行く。大掃除を終え、洗濯物もよく乾き、ベッドのシーツを替え、ボスッと勢いよく横になって被った掛け布団の気持ちよさは異常だ。

先日は、クローゼットのハンガーをハンガー屋に発注し統一してみた。別に服が多いわけではないが、ハンガーがバラバラでないというだけでちょっと気持ちいい。あとは誰かが遊びに来た時に「どうだ！」と自慢できたらいいなと思う。

大晦日に家にいるのはどれぐらいぶりだろう。去年は病院だったし、その前まではカウントダウンイベントや仕事でいつも外にいた。ちゃんとこのタイミングで大掃除をするのもきっと10年ぶりくらいだ。クローゼットから風呂場までビッチリ大掃除を終え、最高にスッキリ。窓を見るとすっかり夕暮れていた。

すべての部屋の窓を開け、空気を入れ替える。非常に寒い。湯を沸かして茶を入れる。

退院してからはとにかく、復帰後にスムーズに仕事に戻れるようにジムに通って体力づくりに励んだ。週三回のトレーニングでずいぶん筋肉も付き、倒れる前より健康な状態に

なった。あとは、遊んだ。「飯行きましょうね」と言いつつ忙しくて実現しなかった人たちとご飯を食べに行ったり、今までやれずに溜まっていた家庭用ゲーム機のゲームを何日も何日もプレイしたり、ブルーレイボックス買いまくってアニメ観まくったり、大作すぎて読む時間がなく、諦めていた名作マンガを一巻からじっくり読んだりした。とにかく楽しかった。

BioShock Infinite、STEINS;GATE、Portal、Portal 2、Dead Space、Dead Space 2、ガールズ&パンツァー、ケメコデラックス、アイドルマスター、げんしけん、げんしけん二代目、キングダムなどなど。入院前、入院中、退院後、ここには書ききれないほどたくさんの面白い作品に励まされた。病気のことで不安でいっぱいになった時も、とんでもなく面白いものに接すると一発で払拭できた。内容の面白さだけでなく、その裏側に潜む制作した人々の努力や志の高さを感じると、胸が熱くなり、とてつもないやる気が生まれた。自分から発信することはあまりできなかったが、好きなだけインプットできる幸せな日々だった。

寒い。空気が入れ替わったので窓を閉める。

街がなんとなくソワソワしている気がする。仕事をしている時はまったく気付かなかったが、大晦日の夕暮れはいつもの夕方とは雰囲気が違う、綺麗でいい感じだ。年末年始はみんな仕事をしている。しかし俺は家で一人でボーッとしている。意外とあまり寂しくない。宅録用に揃えた音響機材から、ロバータ・フラックのファ

ーストを流す。超いい音。窓の外、太陽が見えなくなり、街が暗く、空は赤くなる。今年が終わるんだなと実感する。「Ballad of the Sad Young Men」が流れた。いい曲だ。なんか知らんが30秒ほど泣いた。

武道館の振替公演が翌年の2月6日に決まった。その日が復帰の日になる。あと一カ月と少し。とはいえ、新曲の制作ももう始まっているし、エッセイの執筆も始めている。2013年に公開された映画『箱入り息子の恋』『地獄でなぜ悪い』『聖☆おにいさん』の三本で5つもの新人賞をいただくこともできた（受賞の知らせには飛び上がって喜んだ）家にいる日は多いけれど、休業という感覚はもうあまりない。

たくさんの人に迷惑をかけてしまったし、遠回りしたけれど、こうなって良かったなと心から思う。後悔する気持ちは微塵もない。この人生はとても面白いし、楽しい。支えてくれた皆様にはお礼をしてもしきれない。

空も真っ黒になり、完全に夜になった。何しよう。テレビは騒がしいし、何処かのカウントダウンイベントに行くにも、もう遅い。何をしてこの時間を過ごそうか。

オナニーでもするかな。

パソコンを立ち上げ、DMM.comのページを開く。ここではもう200本ほどの作品を買

っている。DMM.comはクラウド機能がしっかりしていて、一度買ってしまえば何度でも何処ででもダウンロードできるし、常に様々な画質が用意されていてとても重宝する。たとえば旅先で「あのAVが観たい」となってもモバイル機器でダウンロードもストリーミング再生もできるし、持ち運びだってしやすい。とてもいい。

さて、今日は何を購入しようか。いろいろと検索して対策を練る。30分ほど巡っているとふとある企画もののAV作品が目に留まった。観たことのないパッケージなのにずいぶん既視感のあるタイトルだったからだ。なんの気なしにそのページを開いた。その作品のタイトルはこうだった。

「スローな手コキにしてくれ」

爆笑した。気が付けば膝から地面に崩れ落ちていた。
もちろんこの題名は、片岡義男の小説であり同名の映画タイトル、そしてその映画の主題歌となった南佳孝の名曲「スローなブギにしてくれ」のパロディである。
アダルトもののパロディというのは伝説の『パイパニック（タイタニック）』にしろ、名作『セックス・アンタ・ト・シテ（セックス・アンド・ザ・シティ）』にしろ、最近で言う『アーンイヤーンマン（アイアンマン）』にしろ、その時々の流行のものを元ネタにする

ことが多い。しかしこの作品は30年以上前の作品をパロディにしており、その感覚はとても新鮮で、「男性が横になり、数人の女優が口と言葉とそしてもちろん手を中心に駆使しながら、ゆっくりネットリと時間をかけて射精に導く（挿入はなし）」という趣向の作品にこのタイトルをつけるセンス。脱帽である。そしてカスタマーレビューには「こんな作品を待っていた」とのコメント。購入しない理由がない。すぐさまポチり、一番いい画質でダウンロードし、鑑賞した。最高だった。

タイトルも面白い、企画も新鮮、女優も素敵、男優も役に徹し、内容はとてもエロく充実している。悪い所が見つからない。非常に創作意欲が刺激される。これだからアダルトは面白いし、止められない。

することをしてしまったので、賢者的な静かな気持ちに突入する。なんだか眠くなってしまった。あと一時間ほどで年越しだが、別にいいか。風呂に入って寝てしまおう。俺の正月は今ではなく、もう少し後でいい。二月の武道館のライブからでいいじゃないか。

バッチリ掃除した風呂につかる。体を拭き、髪の毛を乾かし、歯を磨き、水を飲み、寝室の電気を消し、ベッドに入って目を閉じた。おやすみ俺。また明日の朝、お前と会えるのが、俺はとても嬉しいぞ。

あとがき

『蘇える変態』、手に取っていただき、誠にありがとうございます。

この本は、2011年から2013年まで、女性向けファッション誌「GINZA」に連載していた「銀座鉄道の夜」というエッセイに加筆、修正、新たに書き下ろしを加えてまとめたものです。

女性に有益な情報などまったく書けませんでしたが、それでも一度も怒ったりせずに、さらにはいろいろと下品なことまで書かせてくれた、優しい編集部の皆さんに感謝。とはいえ、「さすがにそこまではちょっと……」と笑顔で No Thank You されてしまった部分もあるにはあり、そこは書籍化の作業の際に丁寧に加筆させていただいております。

下品な話ばかりしたいわけではありません。下品な話の方が本質的さ、と訴えるつもりもありません。あまり自分の中に「話の種類」の垣根がないだけなんだと思います。ガバガバなんだと思います。感動の逸話も、セックスの面白体験談も、どちらも平等に興味があり、自分にそのエピソードがあれば書きたいことです。

連載開始の直後、ファーストシングル「くだらないの中に」をリリースしてから、

自分の環境は激しく変わりはじめました。仕事が増え、ありがたいことに休みがなくなり、2012年末にくも膜下出血で倒れて入院し、数カ月後の復帰、そして脳動脈瘤再発からの休業、再手術を経て療養していた長い日々。

この3年間のすべて、というには少し足りないけれど、この本には、目まぐるしかった日々とその空気が焼き付いていると思います。

しかし実際に書いているほとんどは意味のないことばかりです。変わりたいと心から願い、実際にどんどん変化していった景色の中で、夢が叶っていないながらもなぜか空虚にまみれ、どうでもいいことばかり考え、ニヤニヤしたり、涙目だったり、いろんな気持ちになりながら書いた文章です。皆さんのお役に立つかどうかわかりませんが、ぜひ適当に読んでいただければと思います。

この場を借りて、イラストを描いてくださった花沢健吾さん、ライブの本番中にもかかわらずこのカバーの写真を撮ってくださったドラマー大地くん、ツアー中ずっと写真を撮ってくれたカメラマン三浦知也くん、装丁の米山菜津子さん、GINZA編集部の河田紗弥さん、書籍編集部の林良二さん、編集の黒瀬朋子さんに心からのお礼を。

そして、その他、協力してくださった石野大雅さん、高村義彦さん、三部正博さん、林道雄さんにも心からの感謝を。

さらに、この本の推薦コメントをくださった、日本変態協会副会長の笑福亭鶴瓶師匠、豊﨑由美さん、松江哲明さん、二階堂ふみちゃん。嬉しい言葉を本当にありがとうございました。

そして、私事ではありますが、先日、日本変態協会の会長であるタモリさんにお会いしたとき、日本変態協会への所属を正式に認めていただきました。日本一の変態・タモリ会長にも、感謝申し上げたいと思います。

人はみな、変態だと思います。人間より長い歴史を持つ動物を生物として「普通」としたら、服を着て着飾ったり、向かい合ってセックスすることを正常位とする人間はもうフェティッシュの固まりだし、みな変態です。つまり「変態であること、それすなわち人間である証明」なのだと思います。だから『蘇える変態』というタイトルにも深い意味はありません。ただ、「普通の人が帰ってきた」ということです。

ただいま！

2014年 早春

日本変態協会会員　星野源

初出

本書は『GINZA』二〇一二年五月号〜二〇一三年二月号、六〜七月号に掲載された連載「銀座鉄道の夜」をもとに大幅に加筆・訂正致しました。「楽しい地獄だより」は書き下ろし。

星野 源

ほしの・げん　一九八一年、埼玉県生まれ。音楽家・俳優・文筆家。タモリ氏が会長を務める日本変態協会、会員。二〇〇〇年インストゥルメンタルバンド「SAKEROCK」を結成。〇三年に舞台『ニンゲン御破産』(作・演出：松尾スズキ)に出演、その後大人計画事務所に所属。一〇年にファーストアルバム『ばかのうた』、一二年にセカンドアルバム『エピソード』(第4回CDショップ大賞準大賞)を発表。一五年に発表のアルバム『YELLOW DANCER』がオリコン一位の大ヒットを記録。第66回NHK紅白歌合戦に出場を果たす。俳優としては、主な出演ドラマに『ゲゲゲの女房』(一〇年NHK)、『11人もいる!』(一一年テレビ朝日)、大河ドラマ『真田丸』(一六年NHK)、『逃げるは恥だが役に立つ』(一六年TBS)、舞台『サッちゃんの明日』(作・演出：松尾スズキ)など。一二年に『テキサス―TEXAS―』で舞台初主演。一三年は初主演映画『箱入り息子の恋』(市井昌秀監督)、映画『地獄でなぜ悪い』(園子温監督)、アニメ映画『聖☆おにいさん』(声の出演・ブッダ役)に出演し、第5回TAMA映画賞最優秀新進男優賞、第35回ヨコハマ映画祭最優秀新人賞、第37回日本アカデミー賞新人俳優賞、第68回毎日映画コンクール スポニチグランプリ新人賞、第23回日本映画批評家大賞新人男優賞を受賞した。著書に『そして生活はつづく』(文春文庫)、『働く男』(マガジンハウス/文春文庫)、『星野源雑談集1』(マガジンハウス)など。

www.hoshinogen.com

蘇(よみが)える変態(へんたい)

二〇一四年　五月　九日　　第 一 刷発行
二〇一七年　一月二五日　　第一五刷発行

著　者　　　　　　星野　源(はしのげん)

発行者　　　　　　石﨑　孟

発行所　　　　　　株式会社マガジンハウス
　　　　　　　　　〒一〇四-八〇〇三
　　　　　　　　　東京都中央区銀座三-一三-一〇

受注センター　　　☎〇四九-二七五-一八一一

書籍編集部　　　　☎〇三-三五四五-七〇三〇

印刷・製本所　　　株式会社千代田プリントメディア

©2014 Gen Hoshino, Printed in Japan
ISBN978-4-8387-2661-5　C0095

○乱丁本、落丁本は購入書店を明記のうえ、小社制作管理部宛にお送りください。送料小社負担でお取り替えいたします。ただし、古書店等で購入されたものについてはお取り替えできません。○本書の無断複製は禁じられています。○断りなくコピーやスキャン、デジタル化することは著作権法違反に問われる可能性があります。○定価はカバーと帯に表示してあります。

マガジンハウスのホームページ　http://magazineworld.jp/

装丁　　　　　　　　　米山菜津子

写真(カバー)　　　　伊藤大地

写真(表紙、別丁扉)　三浦知也

イラストレーション　　花沢健吾

編集　　　　　　　　　黒瀬朋子

協力　　　　　　　　　大人計画、カクバリズム

JASRAC 出 1403227-401

著者近影

マガジンハウスの本

働く男

星野 源 著

自作曲の解説から手書きコード付き歌詞、出演作品の裏側、映画連載エッセイ、77の支えてくれるもの、自筆イラスト、心の叫び習字、映画現場潜入＆オフショットまで、くだらなさも真剣度も120％全部盛り。音楽・俳優・文筆業を自らふりかえった、星野源のある意味攻略本。

1300円（税別）　ISBN 978-4-8387-2519-9

好評発売中